影

かげうら

〔日〕小泉八云◎著
冬初阳◎译

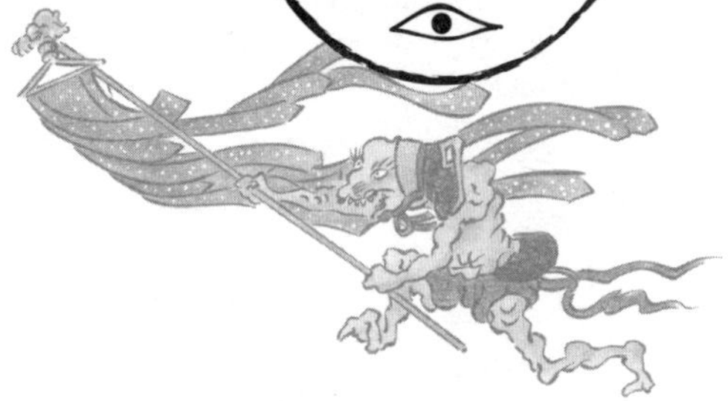

中国出版集团　现代出版社

目录

幻想录

奇书故事选

曾经，他在思想之火中，

看见奇石正被燃烧……

——［比利时］埃米勒·维尔哈伦

和　解[①]

从前，京都有位青年武士，因主家破落而穷困潦倒。为了谋生，他只得背井离乡，去侍奉远国的一位大名。武士早已成家，妻子美丽贤惠。他坚信自己能够另攀高枝，便狠心写下休书，抛弃发妻。后来，武士果真在远国娶了一家名门望族的女儿，随后便与后娶的妻子一同前往任地。

武士年轻气盛，落魄之时一心求取功名，不明白真情可贵，便轻易休妻另娶。谁知他二度成婚并不如意。新妻性情刻薄自私。不久，武士便懊悔不已，日夜思念昔日在京都的时光。随后他便发觉自己仍然爱着发妻，远胜过他爱新妻，武士开始自责当初抛弃发妻太过不公，简直是翻脸无情。他悔意日深，心中难有片刻安宁。

发妻的种种——她的温柔谈吐、甜美微笑、端庄举止，还有对他的千般包容，万般耐心——一直在武士心头萦绕。有时在夜梦之中，武士会看见发妻当户织布，日夜辛劳，只为补贴家用，与他共度艰难时光。更多时候，他梦见的是自己狠心离开后，发

---

① 故事原型可见日本志怪故事选《今昔物语》。——作者注

妻在那间偏僻小屋独自跪坐，衣衫褴褛，用破袖掩面垂泪。即便在执行公务之时，武士也时常念起发妻，然后心中暗问，如今她过得怎样，正在做些什么。他心中确信发妻不会再嫁，一定会原谅他。武士暗自下定决心，一旦能回到京都，便去寻找发妻，求她原谅，再将她接到任地来，竭尽所能弥补自己的过错。只是俗务缠身，数年岁月匆匆而过。

终于等到在大名手下的任官期满，武士重获自由。“现在我要回到爱人身边去了。”他暗下决心，“当初丢下她，真是太狠心，太愚蠢了！”他将第二任妻子打发回娘家（二人一直都不曾生育），便匆匆赶回京都，一路风尘仆仆，却连衣装也来不及更换，便去寻找旧爱。

武士来到发妻过去居住的那条街时，夜色已深，这一日正是九月初十，城中万籁俱寂，犹如坟墓一般。好在皓月当空，一切都清晰可见，他毫不费力便找到那座旧屋。这屋子看来却是一副荒废多时的模样，屋顶上都生了不少长草。

武士伸手叩门，却无人应答。随后他发觉里面没有上闩，便推门而入。玄关空空荡荡，一阵凉风自木板上的间隙侵入，壁龛的墙面上裂开一个大缝，月光直透而入。别的房间也是一派萧瑟。这房子看来已是无人居住了。

武士却想起院子另一角还有间小屋，发妻一向最爱在那里歇息，便决定去看看。武士靠近那小屋的房门，见里面透出亮光，不由得吃了一惊。他将门推开，低声惊呼，喜不自禁。原来发妻就在里面，点着一盏纸灯缝补衣服。发妻与武士四目相对，喜上眉梢，只顾问道：“夫君何时回到京都的？这几间屋子一片漆黑，你又是怎样找到我的？”数年已过，发妻的样貌却未改变。她依然年轻貌美，正与武士记忆深处一模一样。她的声音比记忆中更为甜美，因惊喜而微微发颤。

武士在发妻身边欣然就座，竹筒倒豆子一般，将多年以来的肺腑之言都对她说了，他对当年的自私无情多么悔恨，她不在身边是多么痛苦，一直以来对她多么抱歉，他多么希望能好好补偿她。武士轻抚着发妻，再三恳求她能原谅自己。发妻情意绵绵，柔声请他不用再自责了。这正合他的心意。发妻说道：“夫君休要为我自责了，我一直都觉得配不上你。在相伴之时，你一向待我很好，当初离开我也全是为生活所迫。这几年我日日夜夜都在为夫君的幸福祈祷。说到补偿，今日夫君能来看我，便足够了，哪怕只是片刻。没有比再度见到夫君更幸福的事情了吧？”

“只是片刻？”武士哈哈大笑，答道，“非也，你我七生七世都要做夫妻！爱妻呀，除非你不愿意，我这次回来就是要与你长相厮守，永远——永远都不分离！再也没有什么能将我们分开。我已有不少积蓄和朋友，我们再也无须担心穷困。明日我的行李就会送到这里，我的仆人也会来伺候你。我们会将这座宅子修葺一新……今夜，”他面带歉意，又道，“我来得这么晚，甚至连衣服都不及更换，全是因为我一心想要见你，向你倾诉衷肠。”

听罢这一席话，发妻大为欣慰，随后说起武士离开京都之后，这里发生的种种事情，至于她自己的悲伤，只是含笑略过不提。两人久别重逢，一直聊到深夜。随后发妻领武士来到一间坐北朝南，较为暖和的房间，这里就是当年二人成婚的新房。发妻动手整理卧榻，武士问道：“家里可曾雇什么人帮佣吗？”

“没有。”发妻并无不悦，笑着答道，“我请不起仆人，便长年一人独居。”

“你明日便会有许多仆人。”武士说道，“都是干练的仆人，有事只要吩咐他们，再也不用亲力亲为了。”

两人躺在榻上歇息，却难以入眠，有太多话要互相倾诉。两人谈起往昔、今日和未来，直到天边泛起鱼肚白，武士才在迷蒙之中闭上眼睛，就此睡去。

一觉醒来，天已大亮，阳光从纸窗的缝隙之间透入。武士发觉自己正躺在一片腐朽的地板上，顿时大吃一惊……难道昨夜只是做了一场梦吗？不，发妻就在身旁，还睡着……他俯下身去，仔细端详，却骇然惊呼，原来那睡着的女子竟没有脸了！在他眼前的不是娇妻，只是一具裹着尸布的妇人尸骸！这具女尸早已腐朽，白骨森森，头颅上长发缠结。

武士战栗不已，缓缓起身，只觉得如坠冰窖，惊恐交加，心底涌现出难以承受的绝望和无比残忍的苦痛。他开始疑神疑鬼，如同置身被上天嘲笑的阴影。走出荒宅，武士佯装事不关己，去向邻舍打听前往发妻旧居的路。

“那屋子已没人住了。”邻人面带疑惑地说道，“之前这家住着一个女人，是个武士的妻子。那武士几年前便离开京都。他在离京之前，就为了另娶别的女人，而狠心将结发妻子抛下。那女人伤心欲绝，一病不起。她在京都没有亲友，也就没有人来照顾。那年秋天，她就病死了，正好是在九月初十……”

普贤菩萨的传说[①]

从前，在播磨国[②]有一位虔诚的得道高僧，名叫性空上人。多年以来，他每日都要参悟《妙法莲华经》中普贤菩萨的一章。他日夜诚心祈求，但愿有朝一日能目睹经文中讲述的普贤菩萨真身。[③]

这一日傍晚，性空上人正在诵经，忽觉倦意难忍，便倚着胁息[④]睡着了。睡梦之间，有个声音响起，对他说道，要见普贤菩萨的真身，就定要前往神埼郡的神埼町，找到一座游女屋[⑤]里的某位花魁游女。一觉醒来，性空立即决定动身，一刻不停，次日傍晚便已到了神埼町。

性空踏进游女屋，里面果然宾客群集，大多是京都的青年子弟。他们听说神埼町出美女，便纷纷慕名而来。众人饮酒作乐，

---

① 选自旧故事书《十训抄》。——作者注

② 日本旧分国，辖神埼等十二郡，大致相当于今兵库县南部。——译者注

③ 这位僧人的心愿很可能源自《妙法莲华经》之《普贤菩萨劝发品》一章所述的诺言："尔时普贤菩萨白佛言：'……是人若行、若立，读诵此经，我尔时乘六牙白象王，与大菩萨众俱诣其所，而自现身，供养守护，安慰其心，亦为供养《法华经》故。是人若坐，思惟此经，尔时我复乘白象王现其人前，其人若于《法华经》有所忘失一句一偈，我当教之，与共读诵，还令通利。'"可能这些诺言所指的是"于后五百岁，浊恶世中"。——作者注

④ 胁息是一种扶手垫，或者说靠臂凳，僧人诵经时一只胳膊可以倚在上面。不过使用胁息的并不限于僧人。——作者注

⑤ 在古代的日本，游女既是歌姬，也是妓女。——作者注

游女当场击打小鼓助兴，技艺极为娴熟，口中唱起歌来。这是一首老歌，唱的是室积町[①]的一座著名神社，歌词如下：

周防[②]室积神社的御手洗[③]中，
即便无风吹过，
水面也常起涟漪。

游女的歌声甜美动听，众人无不赞叹称奇。性空坐在远处，侧耳倾听，心中也在称奇，那游女突然双眼紧盯着他。刹那间，在性空眼中，这游女已化身为普贤菩萨的模样，骑坐在一头六牙白象背上，额间绽放一道佛光，冲向天际，仿佛要射往宇宙之外一般。她仍在歌唱，只是听在性空耳中，歌词已变为：

实相[④]无漏之大海，
五尘六欲[⑤]风不侵，
随缘真如波[⑥]长涌。

① 今日本山口县光市的室积地区。——译者注

② 日本旧分国名，大致相当于今山口县东南部地区。——译者注

③ 御手洗特指放置在神道教神龛前的石制或青铜制水槽（盆），让信众在祈祷前清洁双唇和双手。佛教使用的水槽并不叫这个名字。——作者注

④ 佛家以佛性、真谛、正果等为"实相"。"实相"因质真而远离一切虚妄，故为"无漏"；又因"实相"蕴含一切功德福报，便称其为"大海"。——译者注

⑤ 佛家以色、香、味、声、触会污染真性，称之为"五尘"。"六欲"即色欲、貌欲、威仪姿态欲、言语声音欲、细滑欲、人相欲。——译者注

⑥ 佛家以水比喻不变真如，以波比喻随缘真如。不变真如指真心、佛性，此为不变之体。不变真如应外缘而呈现万象，即为随缘真如，好比不变之水因外来之风而起万千波涛。——译者注

性空双目为佛光晕眩，只得闭上双眼，透过眼睑，他依然能清晰看见普贤菩萨真身的异象。待他睁开眼睛，异象已不见了，只看到那举着小鼓击打的游女，耳边听见的也是“室积之水”的歌曲。可是只要他闭上双眼，便能看见骑坐在六牙白象上的普贤菩萨法身，也能听见“实相无漏之大海”的玄妙梵音。其他人只看到游女，却未看见菩萨显灵的真身。

不知何时，轻歌曼舞的游女蓦然就在宴席间消失无踪。无人看到她是在何时又是如何遁形的。自那一刻起，狂欢骤然停止，失落就此取代欢乐。人们只是痴痴地等候那游女，又漫无目的地寻找了一番也是无果，只有败兴散去。性空为今夜所见的一切颇为困惑，最后也起身离去。他正要迈过门口，那游女突然在眼前现身，低语道：“吾友，今夜所见之事，切勿对任何人提起。”说罢，她再度消失无踪，只留下空中弥漫的一片馨香，沁人心脾。

记载这则传说的僧人曾如此评论道：“游女以色侍人，身份低微，境遇可怜。谁能想到这样一个风尘女子竟是菩萨的化身。我等还须谨记，在这大千世界，佛祖与菩萨皆可变化无穷。佛祖和菩萨心怀慈悲，只要能引领众人踏上正途、脱离苦海，即便化身为最卑微可憎的躯体也在所不惜。”

屏中少女[1]

古时的日本作家白梅园鹭水[2]曾说道：

“中国和日本的古今书籍里记载了许多故事，说的是某些名画佳作极其美丽传神，乃至让观者心醉神迷，妙不可言。丹青名家的这些名作，无论是花鸟画，还是人物画，都栩栩如生。传说中，它们甚至能走出画纸或绢帛，化为活物，展现千姿百态。自古以来，此类传说故事比比皆是，无须重述。菱川吉兵卫的画作——菱川绘像便是这等佳作，时至今日，美名已传遍天下。”

随后鹭水讲述了一幅菱川绘像的故事——

从前在京都有个年轻书生，名叫笃敬，家住在室町街上。一天傍晚，他外出访友，就在回家路上，经过一家旧货店，目光落在一扇旧屏风上，便再也不能移开。屏风上只糊了一层纸，没有其他装饰，纸上画着一个等身大的妙龄少女。少女的形象让这少

① 相关故事见《御伽百物语》。——作者注

② 白梅园鹭水于享保十八年（1733）逝世。他在下文提及的画家菱川师宣，在17世纪后半期活跃，其“菱川吉兵卫师宣”的名号更为收藏家所熟知。菱川原本是个染坊的学徒，在1680年已成为有名的艺术家，据说当时已创办浮世绘画院。菱川特别擅长描绘人称“风流”（优雅举止）的画面，即上流社会的风雅生活的方方面面。——作者注

年心驰神往。笃敬打听了价钱，发现十分便宜，便立即将这屏风买下，带回家去。

笃敬在卧房中独自观赏这扇屏风，只觉得画中人风华绝代，比之前更美。显然此画是为真人所作。画的是一位十五六岁的妙龄少女，秀发、明眸、长睫、檀口，无不纤毫毕现、栩栩如生，难以言表。眼赛芙蓉含情脉脉，唇如红花似笑非笑，这少女的娇容当真甜美无比。倘若真人如同画上一样娇柔可人，这世上只怕没有一个男子能见之而不倾心。笃敬对此深信不疑。这画中少女活灵活现，仿佛只要有人对她说话，便会立即应答。

从此以后，笃敬每日端详画中佳人，竟是心神俱醉，魂牵梦萦。“这世上真有如此绝代佳人吗？”他喃喃自语道，“只要能拥她入怀一刻，我便是一死——不，便是九死也无悔，心甘情愿！”总之，他迷上了这画中人，如此痴迷，这世上再没有别的女子能让他动心。只是这画中少女，哪怕依然在世，也早已不复当年的美貌，或许早在他出生之前，便已魂归极乐多年了！

然而，明知这番痴恋是无望，笃敬的相思之情却一日胜过一日。他寝食难安，之前沉醉的学问也无心过问。他会在屏风前一坐就是几个时辰，对画中人说话，浑然忘我。最后，他终于一病不起，病势沉重，乃至他相信自己命不久矣。

好在笃敬朋友不少，其中有一位德高望重的宿儒，知道许多古画的奇谈秘闻，也知道少年人的心性。这位宿儒听说笃敬的病情，便来探访，一见那扇屏风，心中已是雪亮。宿儒一番询问，笃敬便将事情的原委向这位老友一五一十地讲述了一遍，然后长叹道：“若是不能见到画中佳人，我只怕命难长久！”

宿儒说道：“此画乃是菱川吉兵卫的手笔，是一幅真人画像。

画中人如今已不在人世。据说菱川吉兵卫这幅画形神兼备，乃至少女的灵魂融入了画中。如此说来，你若想赢得佳人，却也有个法子。”

笃敬从病榻上挣扎着坐起身来，盯着宿儒，一脸热忱。

“你定要给她取个名字。”宿儒又道，“还要每天都坐在她面前，全神贯注一直想着她，好声好气地用你给她取的名字呼唤她，直到她应答为止……”

“应答？！”笃敬瞠目结舌，高声道。

“不错，”宿儒答道，“她来日定会应答。不过你要谨记，在她应答你之时，你定要备好一份礼物给她，且听我说……”

“我将性命交给她都成！”笃敬叫道。

“不必。”宿儒继续说道，“你只管去一百家不同的酒馆买些酒来，然后斟满一杯送给她便是。随后她便会走出屏风来接这杯酒。之后或许她便会亲口对你说该如何去做。”

宿儒说完这番话，便告辞而去。他的建议让笃敬振作起来。笃敬立即端坐在屏风面前，一次次柔声呼唤少女的名字（具体取了什么名字，原作者忘了交代）。就这样日复一日，屏中少女都没有应答。不过笃敬痴心不改，一直耐心呼唤少女的名字，不知过了多少天，这一日傍晚，笃敬呼唤少女的名字之后，屏中突然传来一声：“是！”

笃敬大喜过望，赶紧将准备好的“百馆酒”倒出来，小心翼翼地斟入一个小杯，满怀虔诚地送到屏前。屏中少女果真走出屏风，在榻榻米上轻移莲步，端坐下来，从笃敬手中接过杯子，微笑着问道：“公子为何这般倾心于我？”

白梅园鹭水接下去讲道——

“这少女化为真人，比画中更加美貌，纤纤素手如春葱，心性脾气也是一般美好，真是举世无双的绝代佳人。”笃敬究竟如何对答，鹭水没有记录，读者便只有想象了。

“只是公子不会很快便厌倦我吧？”少女问道。

“此生都绝对不会！”笃敬毅然答道。

“那来世呢？”少女追问道。日本新娘对男女情极为看重，一世之爱可不能让她们满意。

“你我就此立下誓约。”笃敬一脸诚恳道，“我二人要七生七世都结为夫妇。”

“若是你对我负心。”少女道，“我便会回到屏中去。”

两人就此立下誓约。在我看来，笃敬是个专情的少年，从此以后，那少女再也没有回到屏风中去。少女往日在屏中的位置，从此便留下一片空白。

白梅园鹭水感叹道：“如此奇谈，真是当世罕见！”

骑尸者[1]

这具女尸僵冷如冰，脉搏已停了多时，外表却一切如常，看不出死亡迹象。人人都默不作声，不敢提起要将尸首埋葬。那女人生前被丈夫休了，就此悲愤而亡。便是将她的尸首埋葬也是无用，只因垂死之人最后的复仇怨念能冲破任何坟墓，即便是最为沉重的墓石也压制不住。左邻右舍得知此事，都纷纷举家搬迁。众人知道，这女人已化为厉鬼，只是在等那负心人回来。

就在女人离世之时，那男人正外出旅行。等他回家，得知前因后果，吓得真是魂不附体。"若是天黑之前无人相助，"他暗忖道，"那女鬼一定会将我碎尸万段。"虽然还是辰时[2]，离天黑还早，他却明白形势已刻不容缓。

这男人赶紧动身，设法找到一位阴阳师[3]，乞求相助。这位阴阳师对那死去妇人之事有所耳闻，也曾亲眼见过尸身。他对男人说道："你行将大祸临头。我尽力设法相救，不过你定要对我言

① 本篇源自《今昔物语》。——作者注

② 按照日本的旧时制，辰时大约从上午八时开始。——作者注

③ 阴阳师是通晓中国古代自然哲学阴阳学的大师，阴阳学的理论建立在宇宙中普遍存在阴阳（男女）两仪原则的基础之上。——作者注

听计从。要救你性命只有一个法子，说来颇为骇人。只是你若不鼓足勇气去做，那女鬼定会将你分尸。若你能壮起胆来，日落之前，你我就在尸场再会。”男人战栗不已，为了保命，还是答应会照阴阳师的吩咐去办。

日暮时分，阴阳师和男人一同来到停放尸体的房中。阴阳师将门拉开，让男人进去。天色很快暗了下来。“我不敢！”男人吓得倒抽一口冷气，从头到脚抖得如同筛糠一般，“我都不敢看她一眼！”

“要保住性命，不止看她而已。”阴阳师朗声道，“你已答应对我言听计从。进去！”他强行将男人拉进房去，领他来到尸体近旁。

女尸头朝下在地上俯卧。“现在你必须骑在她身上。”阴阳师道，“一定要在她背上坐稳，就好比在骑马一样……上！你一定要骑上去！”男人战栗不已，阴阳师只得按着他骑上女尸。男人惊恐万分，还是照着做了。

“现在用你的双手抓住她的头发。”阴阳师喝令道，“右手抓一半，左手抓一半……对了！你一定要像握住缰绳一样握紧这些头发。双手握紧头发。就是这样！且听我说！就这样骑着尸身不要放手，直到天亮。夜间你定会害怕，那是理所当然。不过无论发生什么事都不要松手放开她的头发。若是你放手，哪怕只是瞬息之间，这女鬼定会将你碎尸万段！”

阴阳师随后蹲下身子，就在女尸耳边低声念了几句咒语，然后对男人说道：“现在为了万全起见，我要走了，只留下你独自骑着这具女尸……就照你现在的样子别动！切记切记，一定不能松手放开她的头发。”阴阳师然后便走了出去，将门关上。

房内伸手不见五指，男人不知在尸体上骑了几个时辰，满心恐惧。夜色愈加深沉，男人终于无法自控，不由得失声惊叫。身下的尸身顿时一跃而起，想将他甩下地来。女尸凄厉地叫唤：“啊，真是好重！不过我还是现在就要将那负心人捉到这里来！”

随后女尸猛然起立，冲到门口，一把将门推开，冲入黑夜，背上却一直背着那个男人。男人吓得双眼紧闭，双手紧紧攥住女尸的长发，吓得连大气都不敢出。他不知道她一路奔出多远，什么都看不见，只听见她的赤足在黑暗中奔行的啪嗒声，还有她奔跑时呼气的嘶嘶声。

最后女尸转身又一路跑进原来那座房子，就像起初一样趴在地上。她就在男人身下大口地喘气呻吟，直到雄鸡唱晓，这才一动也不动了。

男人的上下牙床一直在打架，骑在女尸背上一动也不敢动。日出之时，阴阳师总算来了。“看来你总算没有松开她的头发。”阴阳师大喜道，“如此甚好，现在你可以起来了。”他再度俯下身去，对着女尸的耳朵低声念过咒语，又对那男人道：“昨夜一定是十分可怕，只是为了救你性命实在别无他法。今后你大可不必再担心她回来复仇索命了。”

从道义上来说，我不认为这个故事的结局令人满意。那个负心的骑尸男子没有发疯，也没有一夜白头。书中只是这样说道：“他对阴阳师感激涕零。”故事的附注同样令人失望。日本原著作者标注道：“骑尸人的一个孙子仍然健在，那阴阳师的孙子此时就住在大宿直村里。”

这个村子的名字如今在任何日本的地名册上都已找不到了。自从这个故事被写下以来，许多城镇和村庄的名字都已改变了。

辨天的感应[①]

京都有座名刹，叫作大通寺。清和天皇[②]第五子贞纯亲王就在这里出家为僧，度过了一生的大半时光。此外，寺中还能见到许多名人的坟墓。

不过现如今的大通寺已不复昔日盛况。历经千年沧桑，原先的寺院已破败不堪，到元禄十四年（1701）只得彻底重建。

为庆祝重建大通寺圆满完成，寺内僧众举办盛大法会，成千上万的善男信女前去赴会参拜。赴会人中有个青年学者，也是位歌人，名叫花垣梅秀。梅秀在新落成的庭院内漫步，只觉所见所闻无不赏心悦目。不多时，他来到一处喷泉，他以前曾在此地品尝过几次佳酿美酒。那泉眼周围的土地已被挖掘翻新，建起一方水池。水池一角立起一方木牌，上书“诞生水”三字。[③]他还见到池旁建起一座辨天[④]堂，小巧精致，美轮美奂。就在他举目凝望

① 原故事见《御伽百物语》一书。——作者注

② 日本第五十六代天皇，公元858年至876年在位。——译者注

③ 这里的“诞生”应当理解为佛家所说的宗教意义上的新生或转生，而不是西方人理解的出生。——作者注

④ 源自印度教“辩才天”女神的佛教菩萨，传至日本后称为“辨财天”或“辨天”。辩才天在印度教神话传说中原本是河神，与水缘分极深，这也是文中在“诞生水”池畔修建辨天堂的原因。佛教中的辩才天通常被塑造成女菩萨形象，被视为增长智慧和福缘的女性本尊。——译者注

这座新殿堂之时，一阵风起，将一片短册[1]吹到他脚下，上面还写了一首和歌：

此乃定情物，
自应设宴庆。
备下金玉宝，
永结连理枝。

这是抒发初恋之情的一首和歌，是当年的名歌人俊成卿[2]之作，梅秀并不陌生。不过短册上的字迹却是出自女子之手，字迹娟秀灵动，乃至梅秀简直不敢相信这是凡间之物。但见字里行间自有无限风雅，看来定是妙龄少女的手笔，再看墨色纯净饱满，想来作者秉性也是纯真善良。[3]

梅秀小心将短册卷好，带回家中。待他再度取出短册端详，只觉得这字迹比当初更为美妙。梅秀于书法见识颇丰，他确信这首和歌定是一个妙龄少女手书，这少女极为聪慧，很可能秉性温柔贤淑。梅秀对此深信不疑，在心目中已描绘出一个风姿绰约的丽影，不知不觉已颇为仰慕那素未谋面的佳人。他暗下决心，定

---

① 日本人所说的“短册”，指的是长布条或纸带子，通常都染了颜色，上面写有诗歌。写有诗歌的短册会悬挂在开花的树上、风铃上和任何会激发写作诗歌灵感的美观物件上。——作者注

② 即藤原俊成（1114—1204），日本平安时代末期和镰仓时代初期的贵族歌人，作品以绮丽温婉著称，平安末期“幽玄”歌风的代表人物。——译者注

③ 没有相关经验的欧洲人，很难根据中国人或者日本人的书法笔迹，来辨别隐含的那些个人性格。不过文中的这位日本学者从来不会忘记曾经见过的字迹的各种特性，甚至能够猜出作者的大致年龄。中国和日本的作家都声称，手书所用的墨水色泽（质量）能够反映书写者的性格。每个人在写毛笔字之前一般都会亲手磨墨，较深较清晰的黑色至少能表现出一些个人的细心和审美观。——作者注

要找到书写和歌的伊人，若是能够，便娶她为妻……只是该如何寻觅芳踪？她到底是何人，家住何处呢？想必只有靠众神保佑才能找到佳人。

不过在梅秀看来，冥冥之中神明真的愿意大发慈悲。他站在那辨天堂前之时，短册不期而至，男女爱侣若想祈求结下良缘，参拜辨天最为灵验。想到此节，梅秀决心去求辨天赐福。事不宜迟，他赶紧来到大通寺，到了“诞生水”池畔的辨天堂前，诚心祝祷：“辨天菩萨在上，弟子求菩萨大发慈悲！助我觅得在那短册上书写和歌的女子！哪怕让我见她一面也好，只是片刻即可！”从此之后整整七天，他都在辨天面前诚心日参祈愿①，还发誓在第七天的晚上，会在辨天神龛前彻夜不停诵经礼拜，求菩萨显灵。

第七个夜晚终于到了，这一夜梅秀要在辨天堂度过一宿。夜深人静之时，他听见寺院山门有个声音请求进来。随后寺内有声音应答，山门便开了。梅秀见到一位仪表堂堂的长者缓缓走来。这位长者一身礼服，满头银发之上戴着一顶黑色高帽，地位自是尊崇。长者来到辨天堂，就在堂前跪下，毕恭毕敬，仿佛在等候指令。随后佛堂的外门便打开了，门上竹帘半卷，一个稚儿②走上前来。那是个五官清秀的少年，蓄着长发，依照古法束在脑后。稚儿就站在门口，朗声对那长者说道：

“堂内那男子为今生不可得的一段姻缘痴迷，又求之不得，一直在祈求菩萨。说来这男子实在是一片赤诚，菩萨发了慈悲之心，

① 多种法事都可称为祈愿。行日参祈愿之人承诺连续七日在一座特定寺庙或佛殿祈祷。——作者注

② 日文“稚儿”通常指贵族家的侍童，尤其是皇家侍童。在这个故事中出现的稚儿自然是佛国童子——辨天女菩萨的信使和传话人。——作者注

便将你召来，看能否助他一臂之力。若是他与那女子果真前世有缘，你便设法撮合吧！”

长者领命，毕恭毕敬向稚儿欠身施礼，随后站起身来，从左袖之中抽出一根红线。他将红线的一头绕过梅秀的身躯，几乎绑了一圈。然后他将红线另一头抛入堂内一盏灯的火焰之中，待红线在灯火中燃烧之时，他连挥了三次手，仿佛正在召唤某人从黑暗中走出一般。

须臾，从门外传来一阵脚步声，向辨天堂走来。梅秀定睛再看，一个十五六岁的清丽少女，已经来到面前。她步履娉婷，却是十分羞怯，用团扇半遮住娇容，就在梅秀身旁跪下。稚儿便对梅秀道：

“这几日你饱受相思之苦，这份无望之爱甚至让你日渐憔悴。我等不忍见你这样郁郁寡欢，便将月下老人[①]召来，让你见到那在短册上手书和歌的少女。现在她就在你身旁。”

说罢这番话，稚儿便退入竹帘后方。月老从来路退下，那少女也跟随月老走了。此时，梅秀听见大通寺的晨钟响了，天已亮了。他向水中诞生的辨天菩萨像前膝行几步，拜谢恩典，随后便回家去了。此刻梅秀仿佛美梦初醒，见到在菩萨面前热切祈求的佳人自是欣喜，却又因担心再也无法相会而隐隐不乐。

梅秀越过大通寺的山门，来到街上，正瞥见一个妙龄女郎在他前面独自而行。虽说晨曦微弱，他还是一眼认出这正是与他在辨天堂相会的佳人。梅秀快步追上那少女，那少女转过身来，盈盈一礼。梅秀又惊又喜，便与她攀谈起来。少女嗓音甜美，梅秀

① 东方神话中对主姻缘之神的诗意称呼。在整个故事中，这是一种混合神道教和佛教思想的有趣尝试。——作者注

听在耳中，满心欢喜。一大清早，街上还颇为幽静，二人步履不停，谈笑甚欢，终于来到梅秀的家宅。梅秀停下脚步，恋恋不舍，终于将心头的希望和担忧向少女道出。少女嫣然一笑，道："公子难道不明白？辨天菩萨派我前来，便是要嫁与公子为妻的。"说着，她便与梅秀一同进入家门。

少女就此成为花垣梅秀的妻子。贤妻蕙质兰心，真是让梅秀大喜过望。此外，妻子多才多艺，也大大超出他的期许。除了写得一手好字，她还擅长丹青，颇通花道、刺绣、音律，编织缝补也不在话下，持家之道更是无一不精。

夫妇二人于初秋时节相识相许，一直幸福美满。转眼已到冬至时节。这几个月，没有任何事情搅扰二人的清净。梅秀对爱妻的情意与日俱增。只是说来也怪，他对妻子的过往全不知情，对她的家世更是一无所知。她也从未对丈夫提及这些事情，既然这段良缘是上天所赐，梅秀便觉得贸然询问也是不妥。偏偏梅秀虽暗自担忧，月老或者任何神明都不曾前来将妻子带走，甚至从未有人问起梅秀的妻子。不知何故，左邻右舍仿佛都不知道花垣梅秀已经娶妻。

梅秀心头始终有个老大疑团，不久后又遇上一桩更为怪异的奇事。入冬后的一个上午，他碰巧经过城中有些偏僻的一片街町，听见有人高声呼唤他的名字，然后就看见一座宅院门前，有个男仆在向他招手。这人眼生得很，梅秀在京都的这一带也没有一个熟人，突然有人指名道姓地打招呼，真是让他吃惊不小。这仆人走上前来，毕恭毕敬地施了一礼，说道："我家主人恳请公子一叙，还请进屋稍坐片刻。"梅秀略一迟疑，还是颔首应允，跟随仆人走进那座宅院。一个气度雍容、衣着华丽的人迎上前来，看来是这里的主人。他将梅秀领到客厅。初次见面的礼节叙罢，主人为贸然相请致歉之后，说道："如此这般请公子上门，实在冒昧。不过老夫深信，此乃辨天女菩萨的旨意，公子听我道过详情，想必也不会见怪。如今且听老夫一言——"

我有个女儿，年方二八，一手字写得不错[①]，其他诸般技艺还过得去，性情也与寻常女子相仿佛。我们全家都一心为小女寻觅一位如意郎君，好让她的终身有个依靠，幸福平安，于是便向辨天女菩萨祈求保佑，还将小女手书的短册送往京都的每一座辨天庙和辨天殿堂。数日后的一个夜晚，辨天女菩萨托梦给我，说道："我等已知晓你的心愿，让你女儿与未来的佳偶见过。到了冬天，此人便会登门拜访。"我听了梦中这番话，却不明白小女如何已与那未来夫婿相会，便半信半疑，以为这梦或许只是寻常梦境，并无深意。谁知昨夜，我又见辨天菩萨托梦显灵，对我说道："当初我曾对你提起的那个青年，明日便会来到这条街上，你只管将他招呼到家中，请他与令爱婚配。此人乃青年才俊，前途不可限量。"随后辨天菩萨将公子的姓名、年龄和籍贯都告知于我，又详细描述了你的身形样貌和衣着。我将这番话转述给家仆之后，他毫不费力便认出了公子……

梅秀听罢主人家这一番解释，非但不觉得安心，反而颇为困

① 按照日本的传统规范，父母在别人面前对子女的各种成就应当谦虚，所以"不错"对客人而言其实意味着"非常好"。同样道理，"过得去""寻常"这两个词的实际意义其实与字面意义几乎相反。——作者注

惑。他只有礼数周全地答谢主人家的一番美意。谁知主人又领他去另一间房，要让他与女儿相见。梅秀一时窘迫不已，偏偏又不好一口回绝。此时此地，他也不好明言已有妻室，还是辨天菩萨亲赐的良缘，他也从未想过与妻子分离。梅秀一言不发，隐隐不安，却也只得随主人去了另一间房。

待亲眼见到主人家的女儿后，梅秀心中的惊诧简直难以言表。原来眼前的佳人竟与他的妻子一模一样！

再一细想，虽是一模一样，却不相同。

月老为梅秀牵线引见的那女子，只是他心上人的灵魂。

而眼前这位住在父亲的家宅之中、行将与他婚配的佳人，乃心上人的真身。

一切的一切，都是辨天女菩萨感应两家信徒的诚意而创造的奇迹。

日文原版故事讲到这里便戛然而止，留下几个疑点没有解释，这样草草结束也令人无法满意。读者会想了解真实的少女在她灵魂成婚的生活期间的心理体验。读者还会想知道那灵魂会变成什么样子，是否还会独立存在，是否会耐心等待丈夫回家，又是否会拜访那位新娘的真身。书中对这些事情只字未提。不过我的一位日本朋友这样解释了辨天感应的奇迹：

“那位新娘的灵魂其实是从短册上幻化的。这样的话那少女的真身就根本不知道在辨天堂相会之事。她当初在短册上落下娟秀字迹之时，几缕魂魄已附在上面。于是辨天菩萨便能用短册上的字迹召唤出那少女魂魄的分身。”

鲛人报恩[1]

从前，近江国[2]有个叫俵屋藤太郎的男子，家住琵琶湖畔，离赫赫有名的石山本愿寺不远。藤太郎家有薄产，日子过得倒也安逸，只是年已二十九岁，仍未婚配。他最大的愿望便是娶一位如花似玉的美女，奈何一直未能找到中意的女子。

一日，藤太郎路过濑田长桥[3]，见到扶栏一旁蹲着一只怪物。这怪物的身躯倒像人身，只是漆黑如墨，再看面相狰狞可怖，好似厉鬼，双眼却碧绿如翡翠，那胡须也好似龙须。藤太郎起初被这怪物吓了一大跳，不过那对碧绿的眼睛目光柔和，看似并无恶意。藤太郎踌躇片刻，壮起胆来向那怪物问话。那怪物开口答道："我乃海中的鲛人。[4] 不久前还是龙宫[5]里侍奉八大龙王的武官。

① 故事原型可在《戏闻盐梅余史》一书中找到。——作者注

② 日本旧分国，大致相当于今滋贺县，境内的琵琶湖是日本第一大淡水湖。——译者注

③ 濑田长桥在日本的传奇故事中十分有名，此桥全长近八十丈，在桥上能观赏美丽的风景。这座桥横跨濑田川汇入琵琶湖的湖口水面。石山本愿寺，日本风景最美丽的佛寺之一，距离这座长桥不远。——作者注

④ "鲛人"即"鲨鱼人"，故事中的鲛人是男性。在日英词典里，这个词被不太恰当地译为"merman"或"mermaid"（美人鱼），不过正如上文描述的那样，远东地区的"鲛人"一词表达的意思与西方的"美人鱼"一词几乎没有什么共同之处。——作者注

⑤ "龙宫"在日本的许多神话传说中也是一个指代整个海底仙境的名词。——作者注

只因我犯下小过失，就被贬出龙宫，逐出大海。从此以后，我便一直在这一带游荡，食不果腹，无处栖身。若是足下怜惜，能否替我找个栖身之所，给我一些东西吃？”

这番言辞如此恳切哀伤，又这般低声下气，藤太郎不禁为之感动，便说道：“随我来吧，我家花园里有个又大又深的池子，你想住多久便住多久，我也会给你足够的食物。”

鲛人便跟随藤太郎去了俵屋家，见到那池塘，果然又深又大，他住在里面颇为满意。

此后将近半年，这位奇怪的客人一直住在池塘里，藤太郎每日都会给他送来海中生物喜欢的各种食物。（从日文故事原文的这一节来看，鲛人并没有被视为怪物，反而被视为一个值得同情的男人。）

到了那年七月，大津町附近的大佛寺——三井寺举行了一场盛大的信女祈福法会，藤太郎闻讯，也去法会观礼。赴会祈福的既有妙龄少女，也有雍容妇人。藤太郎在众人之中，一眼便看到一位明艳不可方物的丽人。这女子看来大约二八芳华，肌肤莹白如雪，双唇娇俏可爱，令人浮想联翩——想必说起话来，声音便如“梅树枝头歌唱的夜莺一般甜美动人”。藤太郎对少女一见钟情。少女离开寺庙之后，藤太郎落在伊人身后，不远不近地跟随，后来得知这几日她与母亲在濑田村的一座宅院里逗留。他问过濑田村的几个村民，得知少女名唤珠名，至今待字闺中，她家看来无意让女儿嫁到寻常人家，索要的聘礼是一万枚装入宝箱的珠宝。[①]

① 原文写作“名玉”。“玉”一词有多重含义。在此处使用“珠宝”一词，同英语“jewel”（珠宝首饰）、“gem”（经切割打磨的宝石）或“precious stone”（宝石）一样，是不确定的。实际上，这个词在日文里要更不确定，可以指代珊瑚珠、水晶珠、发钗上的抛光宝石等。不过后来我不揣冒昧将文中的珠宝称为“ruby”（红宝石），原因则无须解释。——作者注

得知此事，藤太郎好生失望，怏怏回到家中。他越想越是沮丧，少女珠名的双亲竟然要一万枚珠宝才愿让女儿出嫁，就凭自家的这点薄产，只怕终生无望了。即便天下真有那一万枚珠宝，也只有当世的大大名才有望购得。

明知无望，藤太郎却时时刻刻都无法将佳人忘怀。珠名的倩影让他魂牵梦萦，寝食难安。日子一天天过去，那倩影在他心中反而越发清晰难忘。最后藤太郎终于相思成疾，一病不起，只得派人请来医生诊治。

医生望闻问切，没有丝毫怠慢，最后却只有一声惊呼，说道："几乎每一种病症，用药石针灸妥善治疗都可痊愈，唯独这相思病却是无计可施。看你这病症正是相思之疾，老夫也无法可医。古时那琅琊王伯舆[①]便是因相思成疾病故的，如今你还是早些准备后事吧。"医生说罢，连药丸药方都不曾留下便告辞而去。

此刻，那寄居俵屋家花园池塘的鲛人听说恩人得了重病，便走进屋子，尽力侍奉汤药，夜以继日竭力照料，只是他对藤太郎的病因一无所知，也不知病情究竟到了何种地步。大约七日之后，藤太郎自忖大限将至，便唤来鲛人，嘱咐后事：

"这段日子以来，你在我家中做客。我照料你的饮食起居，倒也平添不少乐趣，看来你我前世有缘。只是如今我已病入膏肓，身子骨是一天不如一天。我的性命真好比朝露一般，日落之前便

① 王廞，字伯舆，名门琅玡王氏出身，东晋开国丞相王导之孙，东晋后期的政治人物和书法家。相传他有"琅琊王伯舆，终当为情死"的名句传世，但史书记载他是在晋末政治斗争失败后不知所终的，是否真因相思成疾而死还是一个很大的疑团。——译者注

会化为乌有了。说来我对你真是放心不下。你在这里能住下，全都靠我照料。怕是我死之后，再也没有人照顾你，也没人给你准备食物了……我这可怜的朋友哇！唉！天地不仁，不遂人愿啊！”

藤太郎话音刚落，鲛人悲愤难抑，怪叫一声，号啕大哭起来。大颗血色泪珠从他的绿色眼睛涌出，顺着黑色面颊流到地上。滴落之时，泪珠如血，落地之后，却变硬发亮，好生瑰丽——竟变成了价值不菲的珠宝，如深红火焰般辉煌耀眼的红宝石。原来鲛人天赋异禀，一旦哭泣，便可化泪为宝。

一旁藤太郎目睹奇迹，惊喜万分，竟是精神百倍。他从床上一跃而起，捡起鲛人泪珠化成的宝石，一边计数，一边大叫：“我的病好了！我会活下去！我会活下去！”

鲛人却大吃一惊，不再哭泣，开口问藤太郎的病为何会不药而愈。藤太郎便将他在三井寺遇见美女珠名，要想迎娶珠名，便要备妥一万枚珠宝之事，原原本本讲述了一遍。而后藤太郎又道：“我本以为一辈子都无望弄到一万枚珠宝，便以为无望迎娶心上人过门，于是我郁郁不乐，终于病倒。不过现如今你号啕大哭，让我得了这许多红宝石，看来我能凑足聘礼，迎娶那位姑娘了。不过，这里的红宝石数目还不够，我求你再掉些眼泪，能让我凑齐一万枚。”

鲛人听了却连连摇头，答话的声音吃惊之余还隐含责难：“恩公以为我是那风尘女子，只要想哭便能落泪吗？不！青楼女子流泪是为了哄骗男人，我这海中生物若不是真的悲从中来，便不会哭泣。我为恩公哭泣，是因为想到你不久于人世，心中真的悲苦难耐。既然你对我说病已好了，我便哭不出来了。”

“那我该如何是好？”藤太郎一脸哀怨，问道，“除非我能弄到一万枚珠宝，不然我便不能迎娶珠名姑娘啊！”

鲛人缄默片刻，若有所思，随后说道：“有了！今日我实在无法再哭。不过明日我随恩公一同去那濑田长桥，带上一些酒和鱼。我们一同在桥上歇息片刻，喝酒吃鱼之时，我便朝那龙宫方向望去，回想昔日在那里的欢乐时光，勾起乡愁，便会落泪了。”

藤太郎欣然答应。

次日一早，二人便带上许多酒和鱼，来到濑田长桥之上，好生歇息，尽情享用酒食。鲛人连饮数十杯，向龙宫方向望去，回忆当初的种种往事。酒至微醺，昔日的欢乐记忆涌上心头，好生悲凉，顿时满腹乡愁，不由得放声痛哭。他流下的大红眼泪，如雨滴般落在桥上，都变成了红宝石。藤太郎随落随捡，将宝石放进箱子，心中计数，终于凑足了一万枚。藤太郎喜不自禁，大叫了一声。

几乎就在此刻，远处琵琶湖的湖面上忽然传来一阵悠扬的音乐，只见水中缓缓升起一座宫殿，霞光万道，如同日暮一般瑰丽。

鲛人当即跳上桥栏，举目凝望那水上宫殿，笑逐颜开。他转向藤太郎，说道：“定是龙王大赦四海，正在唤我回宫。我便与恩公就此别过。离别之前能有机会回报厚恩，我也十分高兴！”

话音刚落，鲛人便从桥上跳下，从此以后，再也无人见过他。所幸藤太郎将满箱红宝石献给珠名的父母为聘，终于如愿将心上人迎娶回家。

日本文化研究

生命已不久

就在大路上向我走来，让我屈服

双眼比以往更为深邃：我也遇见了

死亡，

还看见那掠过的晨光

——［英］乔治·梅瑞狄斯

蝉

声音已被哭喊耗尽，唯余蝉壳而已！

——日本情歌

一

中国西晋年间的著名学者陆云，写过这一段“蝉有五德”的新奇文字：

1. 夫头上有绥[①]，则其文也。
2. 含气饮露，则其清也。
3. 黍稷不食，则其廉也。
4. 处不巢居，则其俭也。
5. 应候守节，则其信也。[②]

---

① 在日本，人们认为，蝉头上的这种奇怪斑纹是灵魂之名的文字符号。——作者注

② 小泉八云的英文原文将陆云《寒蝉赋》序中的第五德“信”前移到第三位，第三德“廉”和第四德“俭”依次顺移到第四和第五位。其实陆云原文还提到蝉的第六德“加以冠冕，则其容也”。——译者注

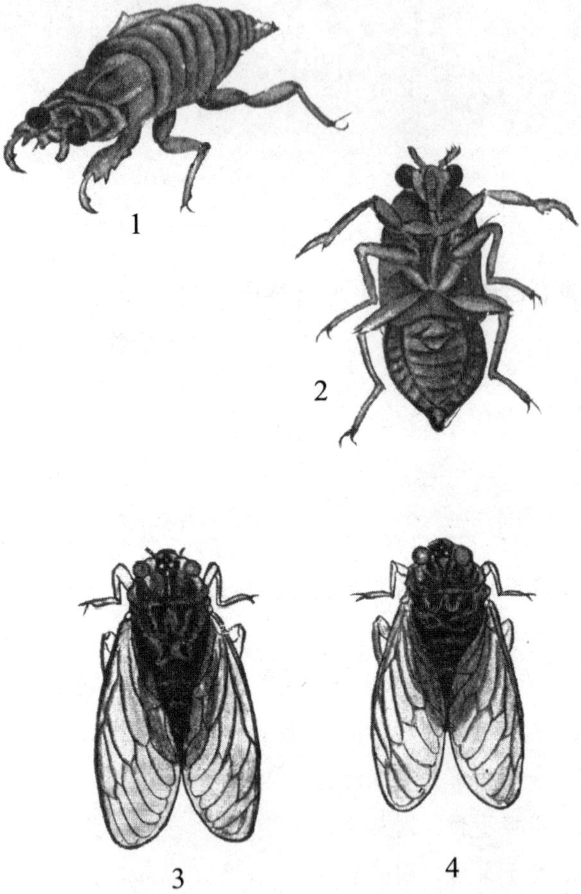

图－1

1-2　幼蝉

3-4　春蝉，亦称苗代蝉

我们可以将这则奇文与两千四百年前阿纳克里翁为蝉所写的美妙评语比较，就会发现希腊诗人和中国名儒在不止一个问题上的看法是完全一致的：

> 啊，蝉哪！我们认为你很幸福，因为你像一位国王一样，只饮一点点露水，你在那树冠上鸣叫。你在四野所见到的一切东西都属于你，四季产出的一切都会送到你手中。不过，你也是耕地之人的朋友，没有人伤害你。凡人将你尊为夏日快乐的先兆；缪斯也爱你。太阳神腓比斯本人都爱你，给你谱一首嘹亮的歌。老年也不会来消耗你。哦，你这得天独厚的生灵，自土而生，热爱歌唱，没有痛苦，有肉无血，你几乎与众神平等！①

当然，为了找到一首在描绘有乐感的昆虫方面可以与日文诗歌媲美的诗，我们必须回头去古希腊文学作品中寻找。或许在歌颂蟋蟀的希腊文诗句中，最美妙的是梅利埃格的诗句：

“啊，蟋蟀，熟睡的抚慰者……编织着会让爱去漫步的声线！”

……日文诗歌描绘夜间蟋蟀鸣叫的情感几乎和这首诗一样微妙；梅利埃格许诺用新鲜韭菜来奖赏那小歌手，还用“切碎的点滴露珠”这样的描述，在日本人听起来颇为奇怪。然后是托名阿尼特的一首诗，写的是小女孩麦洛为她的宠物蝉和蟋蟀建了一座坟墓，因为冥王哈迪斯“难以说服”，收走了陪她玩耍的小昆虫，表现了一段日本儿童生活非常熟悉的经历。我想那个小麦洛——

---

① 我在此处和别处引用的希腊文资料，都要依赖伯吉斯的英语译文。——作者注

（两千七百年之后，她的眼中依然闪着泪光呢！）——为她的宠物准备的“普通坟墓”，就像今天的日本小女孩会为宠物建的坟墓一样，在墓顶上放了一块小石头当作墓碑。不过更聪明的日本小麦洛会在坟前反复念诵一段佛经。

尤其值得一提的是，我们在古希腊人的咏蝉诗歌中，发现了他们承认自己对昆虫鸣叫的音乐般的旋律的热爱：名诗选的诗句中多有见证，如描绘虫儿被蜘蛛网捉住，在诗人让它获得自由之前，“在细丝的束缚中唱出哀歌”；还有他林敦的列奥尼达的诗句，描绘“那为行路人无偿歌唱的吟游诗人”正“坐在高耸的树上，在夏日的酷暑中，啜吸着如同女人乳汁般的露珠”；还有梅利埃格描绘的精致片段，开头：“你这歌唱的虫儿，饮着露珠，就用你那锯齿状的四肢坐在那花瓣的顶端，从你那暗色的皮肤奏出竖琴的旋律。”

……或者引用爱文努斯对夜莺的迷人描述：

> 这阁楼中的少女，悉心喂养幼鸟，啁啾着捉住一只鸣蝉，将它献给你那羽翼未丰的幼鸟——你，吱吱叫、吱吱叫——你，有羽翼，丰满的羽翼——你，一个陌生客、陌生客——你，一个夏天的孩子，夏天的孩子！还不赶紧将蝉放下来吗？用那些歌唱之口杀死歌唱的蝉，这不对，也不公平。

另一方面，我们发现比起蝉来，日本诗人更乐意赞美蟋蟀的鸣叫。咏蝉的诗歌数不胜数，但赞美它们歌声的却寥寥无几。当然，日本人所说的蝉与希腊人所知的蝉（cidadæ）差别很大。有些蝉的鸣叫是真正的音乐，但大多数是恼人的噪声，如此嘈杂，乃至于它们的鸣叫被视为夏天的一大苦。因此在大量的日本咏蝉诗歌中，想要找到能与以上引述的爱文努斯的诗句相提并论的名句都是徒劳。事实上，我能找到的以鸟捕蝉为题的唯一一则日文俳句如下：

あな悲し鳶にとらるる蝉の声　　　——嵐雪

那被猛鸢捉住的蝉，叫声何其可怜！——岚雪

或者诗人同样会在诗歌中传神品评的“被一个男孩捉住”的情景——这是更为常见的蝉儿悲鸣的原因。尼西亚斯为蚱蜢所作的哀歌同样能用作蝉的挽歌：

我再也不能用迅速拍动的翅膀发出声音来自娱了，
只因我落入一个男孩的粗野掌握。我正在绿叶下端坐时，
他不期而至，将我抓住。

在这里，我要叙上一笔，日本的孩子们通常使用顶端涂上粘鸟胶的细长竹棍来捕蝉。一些蝉在被捉时发出的声音确实可怜，就像一只被吓坏的鸟发出的叽叽喳喳声一样。就人类自身对“声音”的理解而言，人们很难相信这种声音不是因痛苦而发出的，但这其实只是一种特殊的外膜发出的声音。最近，听见一只被捉住的蝉发出的尖叫后，我以一种全新的方式确信，某些虫类的发声器官肯定不能被认为是一种乐器，而是一种语言器官，说话的方式与简单形式的情感密切相关，就像鸟鸣一样——两者的显著

区别在于昆虫的发声器官是在体外的。然而昆虫的世界完全是一个妖怪和精灵组成的世界：昆虫这样的生物，拥有我们无法发现其用途的器官，我们也无法想象其器官感知的性质。昆虫有着无数复眼，或者背后长眼，也或者眼睛在躯干和触角末端移动。昆虫的耳朵会长在它们的腿和肚子上，或者大脑长在腰部！如果一些昆虫的发声器官正好在体外而不是体内，这一事实不应该让任何人感到惊讶。

我还没有找到任何日本诗句提及蝉的振动器官，不过我认为这类诗句很可能是存在的。当然，千百年来，日本人都非常熟悉自己歌咏时会歌唱的昆虫的奇思妙想。可是我现在去说日本诗人在说起蟋蟀和蝉的“声音”时是不正确的应当并不冒昧。古希腊诗人尽管像日本诗人那样，谈论这些昆虫发出的“声音”、唱出的“歌曲”和发出的“啁啾”声，实际上却将昆虫描述为用翅膀和足来创造音乐的动物。例如，梅利埃格这样歌唱蟋蟀道：

> “啊，你用尖锐的双翼自如地模仿竖琴的琴弦，用双脚拍打你的发声之翼，让我心生愉悦！”

二

在继续深入探讨蝉的诗歌类文学作品之前，我必须对蝉本身做一些论述。不过读者无须期待任何昆虫学方面的知识。或许除了蝴蝶之外，科学界人士对日本的昆虫仍然所知甚少。我所能说的关于蝉的一切，都是从调查文献、个人评论文章，以及几本有趣但完全非科学类的日本古籍中获知的。这些不同文章的作者不仅在最为著名的蝉的各种名称和特征上意见互不统一，还将“蝉”这个词用来给那些并非蝉类的昆虫取名。

以下列举的蝉类当然并不完整，不过我相信已包括较为知名的不同种类的蝉和在音乐方面最优秀的蝉。然而，我必须请读者记住，在日本的不同地区，某些蝉类出现的时间是不同的；在不同的旧分国，同一种蝉可用不同的名称来称呼，这些笔记都是我在东京写成的。

1. 春蝉

各种在春天出现的小蝉。不过最早的大个头蝉令人耳熟能详的名字也是春蝉，也叫马蝉、熊蝉或其他名字。它会发出尖锐的喘鸣声“叽——咿——咿——咿——咿——咿咿咿咿咿咿咿咿——”，起初很低，逐渐升高到一种令人痛苦的强音。没有其他蝉的喘鸣会像春蝉那样嘈杂，但是这种蝉的生命看来随着春季的结束而终结了。或许一首日本的古诗中提到的就是这种蝉：

> 初蝉やこれは暑いといふ日より　　——太無
>
> 我们抱怨酷暑的第二天，第一只蝉开始鸣叫。——太无

2. 山蝉

山蝉，或称熊蝉，也称“大蝉”，自五月初开始歌唱。这是一种个头非常大的昆虫。身体的上半部几乎乌黑，腹部则是银白色，头部有奇异的红色纹路。这种蝉在日语中的别名しんねしんね就来源于鸣叫的音符，这声音与しんね（Shinné）音节的快速重复

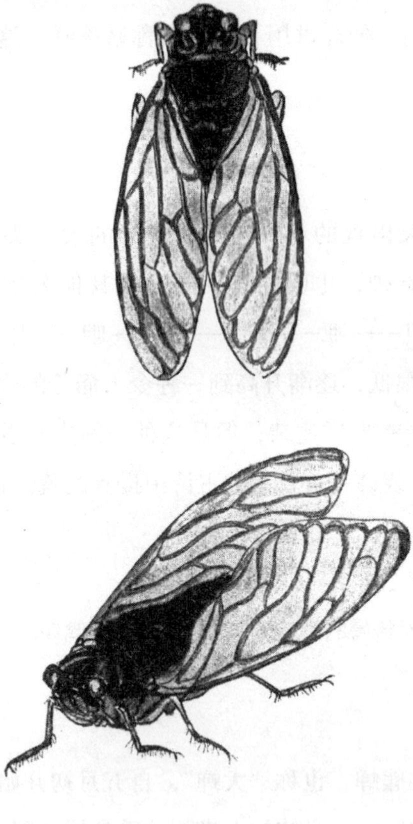

图－2

山蝉，也叫熊蝉，或大蝉

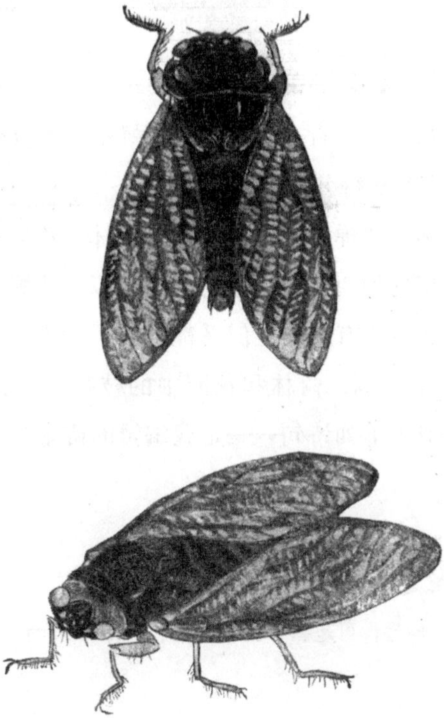

图－3

油蝉

阅读声很像。在京都，这种蝉很常见，但在东京则少有耳闻。

（我最早验看一只大蝉的机会是在静冈县得到的。它发出的声音比日本人的拟音表述要复杂得多，应当将这种声音与一台全速运转的缝纫机发出的噪声类比。这种蝉发出的声音是一种双重声音：你不仅能听见连续不断的仿佛金属敲击的尖锐声响，而且在这些声音之下，还能听见一系列较缓慢的低沉叮当声。这种蝉的振动发声器官是浅绿色的，看上去就像是一对附着在胸腔上的绿色细叶。）

3. 油蝉

油蝉在夏初出现。有人告诉我，油蝉是因为其尖锐的叫声就像锅里油炸的声音而得名的。

一些作家称，油蝉的尖叫声就像喀嚓林—喀嚓林的音节，不过另一些作家将这种叫声与沸水的声音比拟。油蝉大概在日出时分开始吟唱，然后所有的树上似乎都升起了一阵巨大的轻柔嘶嘶声。在这样一个时刻，树林和花园中的枝叶都还挂着露珠，诗人可能已经写成了下列诗句——是我编辑的诗集里描绘油蝉的唯一一首诗歌：

あの聲で露が命かあぶらぜみ

那声音响起，可是露水已有生命？只是油蝉而已！

4. 大麦蝉

大麦蝉，亦称五色蝉，在夏初出现。它发出就好像两种完全不同的音调的两种不同声音，类似“嘻—吟，信—叽—咿，叽—

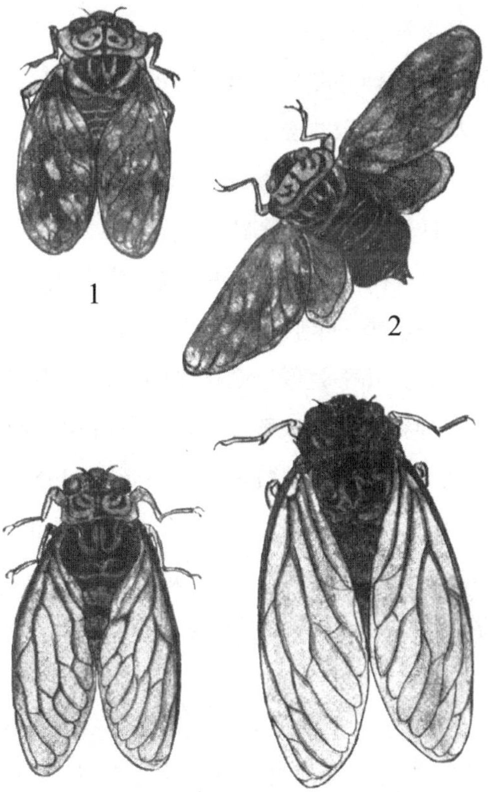

图－4

1-2　大麦蝉，亦称五色蝉

3　日暮蝉

4　敏敏蝉

咿”这样的节拍。

5. 日暮蝉，或“咔呐—咔呐”

这种蝉的名字意思就是“天色变暗”，是所有日本蝉类中声名最显赫的一种。日暮蝉并非蝉类最优秀的歌者，不过其音律乐感在蝉类的排名却仅次于滋咕滋咕啵嘻（tsuku-tsuku-bō shi）。它是暮色中特别的吟游诗人，只在黎明和日暮时分歌唱；而其他的大多数蝉类只会在日光大盛之时歌唱，甚至在雨云蔽日时也会暂停。在东京，日暮蝉通常在六月底七月初出现。它那美妙的鸣叫声“咔呐—咔呐—咔呐—咔呐—咔呐”，在一开始往往是非常高的清晰音调，然后慢慢降调，几乎就像一个优雅的手铃的声音，很快就摇响了。那不是一种猛烈的碰撞般的响声，声音快速而稳定，令人惊讶的深沉洪亮。我相信一只日暮蝉的声音在四分之一英里之外就清晰可辨，然而，正如古代日本诗人也有评述的那样：“无论有多少日暮蝉在一起歌唱，我们从未觉得声音嘈杂。”虽然日暮蝉的鸣叫有着金属共振般的力度和穿透性，但是音乐感甚至还能达到甜美的程度，其中有一种特殊的惆怅感，正好与日暮黄昏时分相符。不过与日暮蝉的叫声相关的最令人惊诧的事实是，每一只日暮蝉唱出的音符都具有独一无二的个性化素质。没有两只日暮蝉歌唱的音调完全相同。如果你听到十几只日暮蝉在同时歌唱，就会发现每个声音的音色都各不相同。有些音符如银铃响动，其他听来如铜铃低鸣，除了各种不同的音色就像各种重量和成分各异的铃声之外，甚至连音调都有差别，令人想起不同形状的铃铛。

我在上文已说过，“日暮”这个名字的意思就是天色昏暗，有暮色、黄昏的意思。许多日文诗句都会使用这个词——诗人们受到感情影响，就像下文的例子所示的那样，相信这种蝉的叫声加速了黑夜来临：

蜩や捨てておいても暮るる日を　　——捨女

日暮！即便你不出声，天色暗得就已够快了！——舍女

这则俳句意在表达一种阴郁的情绪，在西方读者看来似乎牵强。不过另一则小俳句——讲述（日暮蝉的叫声）对一个懒汉的影响，任何一个常听见日暮蝉鸣的人都能欣赏。在这个问题上，我可以想象傍晚日暮蝉发出的第一声清脆鸣叫就像一个铃铛突然响起一样，能达到惊人的效果：

蜩や今日の懈怠をおもふ時　　——里桂

日暮的一声鸣叫宣告黄昏来临！唉，过去这一天都荒废了！——里桂

6. 敏敏蝉

敏敏蝉在最为酷热的时节开始歌唱。这种蝉之所以被称为“敏敏蝉”，是因为人们认为它歌唱的音节与“敏”（min）这个音节反复重念一样——起初缓慢而十分响亮，然后变得越来越快，也越来越轻柔，直到在一种“敏—敏—敏—敏—敏—敏敏敏—滋……”的低声嗡嗡中消逝。这声音哀婉，却并不令人不快。敏敏蝉的鸣叫声时常被比作僧侣念经的声音。

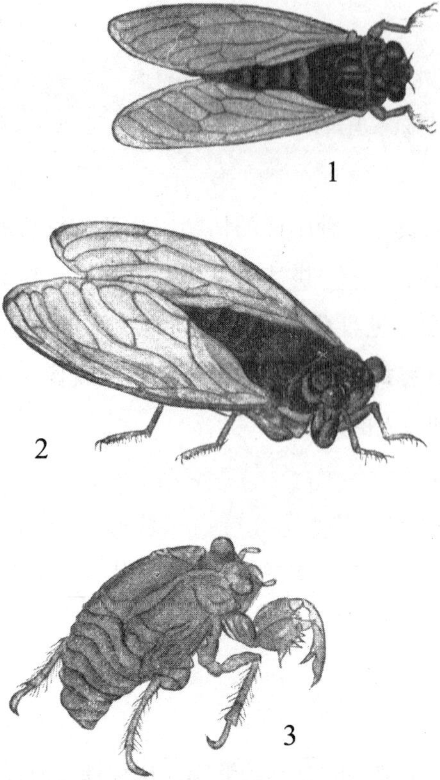

图－5

1 滋咕滋咕啵嘻，亦称咕滋咕滋啵嘻等

（或许是白斑海星蝉？）

2 悬钟蝉

3 幽灵蝉

7. 滋咕滋咕啵嘻

在盂兰盆节的次日[①]，根据古代的日本日历（在反映自然变化和特征方面，要比西方日历精确得多），滋咕滋咕啵嘻这种蝉就开始歌唱了。可以说这种蝉就像鸟类一样歌唱，它也被称为咕滋咕滋啵嘻、啾嗑啾嗑喂嘶、滋咕滋咕呵嘻、滋咕滋咕哦咿嘻，都是象声词称呼。这种蝉的歌声被不同的作家以不同的方式来模仿。在出云地区，最常见的模仿这种蝉的歌谣如下：

滋咕—滋咕—呜咿嘶，
滋咕—滋咕—呜咿嘶，
滋咕—滋咕—呜咿嘶——
呜咿—哦呜嘶
呜咿—哦呜嘶
呜咿—哦呜嘶
呜咿—哦呜嘶—嘶—嘶—嘶—嘶—嘶—嘶—嘶。

另一则歌谣如下：

滋咕—滋咕—呜咿嘶，
滋咕—滋咕—呜咿嘶，
滋咕—滋咕—呜咿嘶——
叽—咿、呀啦！
叽—咿、呀啦！

① 即旧历七月十六日。——作者注

叽—咿、呀啦！

叽—咿、叽、叽、叽、叽、叽咿咿咿。

不过有人说那蝉的鸣叫声其实是筑紫恋（Tsukushi-koïshi）。在日本有个传说，古代筑紫（九州的古称）有个人在异乡病故，他的灵魂化为一只秋蝉，不停地哀呼：

“筑紫恋（Tsukushi-koïshi）！筑紫恋（Tsukushi-koïshi）！”

（“想念筑紫！——想见筑紫！”）

一个奇异的事实是，较早出现的蝉鸣叫的音符最为犀利和简单。直到夏天，鸣叫乐感强的蝉才会出现，滋咕滋咕啵嘻这种蝉是所有蝉类中鸣叫声最复杂和最悦耳的一种，也是最晚发育成熟的蝉。

8. 悬钟蝉[①]

悬钟蝉是一种秋蝉。悬钟就是一口悬挂起来的古钟，尤指佛寺的大钟。这名称让我有些困惑，因为这种蝉的鸣叫乐感其实更像日本琴，或者按照更权威的说法，像日本十三弦古筝的音调。或者这个称呼指的不是钟鸣声的高亢，而是指撞钟之后那些深沉美妙的阵阵嗡嗡余韵。

① 这种蝉主要在四国为人所知。——作者注

三

日本人咏唱蝉的诗歌通常都简短，我选录的这类诗歌主要是由十七个音节组成的俳句。其中大部分与蝉发出的声音，或者更确切地说，与这种声音在诗人心灵中造成的感觉有关。下面几例俳句提到的名字几乎都是旧时诗人的名字——当然并非真名，而是艺术家和文人通常为人所知的号或者笔名。

18 世纪的日本诗人横井也有以擅作俳句闻名，他为我们留下了闻听蝉在夏日和秋日啁啾触发的各种感受的真实记录：

在三伏天气，我因酷热难当备感压抑，于是作俳句一则：

蝉あつしきらばやと思ふまで

蝉鸣啁啾，使酷热更甚，乃至我一心砍倒它在上歌唱的松树。

不过日子过得很快，后来，秋风起时，我耳闻蝉鸣变得越来越弱，开始同情它们，写下第二则俳句：

死にのこれ一つばかりは秋の蝉

幸存的，秋日之蝉，仅剩一只而已！

皮埃尔·洛蒂（世界上最伟大的散文作家）的情人们或许记得《菊子夫人》一文中描绘日本房子的一个令人愉悦的段落——

描绘古老的干燥木建筑结构里回响着蟋蟀的洪亮尖叫声，那么多蟋蟀仿佛是用了一百个夏天聚集到一起的。[①]有一则日本的俳句包含着一种有些类似想象的画面：

松の木に沁みこむごとし蟬の声
松木里，仿佛浸透了，蝉的声音。

大量提到蝉的日本诗歌都将这些生物的噪声描绘成一种折磨。要完全理解诗人的抱怨，人们就一定要听各种各样的日本蝉在仲夏放声大合唱，不过即便读者没有体验过这种喧嚣，也可能会发现下列诗句中隐含的意思：

われ独り暑いやうなり蟬の声　　——文素
仅我一人，承受酷热之苦，蝉也在聒噪不休！——文素

うしろから摑むやうなり蟬の声　　——除風
蝉鸣聒噪不休，如受无形的束缚之苦，好比被人从后面抓住头发！——除风

山の神の耳の病かせみの声　　——貞徳
山神啊山神，你可是患了耳病？竟听不见那蝉在聒

① 洛蒂谈到设法绘制这座房子的内部结构图时，如此说道："需要想象力来描绘这间房子干燥的空气和犹如拉起干燥小提琴般的声音。在这幅画出房屋结构细木纹的铅笔手绘图稿上，既没有能让它成为杰作的最具体的细节，也无法描绘它特别古典的雅韵，无法描绘里面的整洁环境，更无法描绘干燥木板里叽里呱啦的蟋蟀鸣叫，仿佛用了一百个夏天才聚集了这么多的蟋蟀。"——作者注

噪！——贞德

底のない暑さや雲に蟬の声　　　——左簾

酷热之重难度量，直上云霄，蝉儿聒噪不休！——左帘

水涸れて蟬を不断の滝の声　　　——幻吁

没有一滴水，只有蝉儿不停地合唱喧嚣，犹如瀑布激流——幻吁

かげろひし雲また去つて蟬の声　　　——几董

阴云散去！蝉儿的喧嚣再度响起，缓缓增多，天气变得更热！——几董

抱いた木は葉も動かさず蟬の声　　　——可風

它在某处紧抓住树皮，却不掀动一片树叶，只能听见这蝉在聒噪！——可风

隣からこの木にくむやせみの声　　　——其角

多招邻人怨恨啊，我的这棵树！全是因为枝头的蝉在聒噪！——其角

这则俳句令人想起横井也有的一则俳句。我们发现另一位诗人很同情一棵频繁被蝉光顾的树：

風はみな蟬に吸はれて一木かな　　　——鳥酔

可怜的独木！你的命运好生悲惨，每一口气都被那蝉吸干了！——鸟醉

有时日本诗人会将蝉的声音描绘为一种运动的力量：

蟬の声木々に動いて風もなし　　　——宗養

蝉之声，让树林里的每一棵树随噪声颤抖，却不见一丝风！——宗养

竹にきて雪より重し蟬の声　　　——桃月

翠竹中飘来，比冬雪还沉重的，蝉之声。[①]——桃月

諸声に山や動かす蟬の声　　　——楚江

聒噪不休，山峦皆动，是群蝉齐鸣之威。——楚江

楠も動くやうなり蟬の声　　　——梅雀

即便楠树，看来也在被蝉鸣，震得发颤！——梅雀

有时蝉鸣声会被用来与沸水声比较：

日盛は煮えたつ蟬の林かな　　　——露英

最为炎热之时，树林仿佛，被蝉鸣文火慢炖！——露英

① 沉甸甸的积雪压弯竹子的画面，激发了一种迷人的灵感，使日本的艺术家获益良多。——作者注

煮えてゐる水ばかりなり蟬の声　　　——太無

无休的疲惫，空中仿佛一直弥漫沸水的声音，那聒噪的蝉鸣。——太无

另一些诗人特别爱抱怨制造噪声的数量众多，噪声无处不在：

ありたけの木に響きけり蟬の声　　　——稲起

真不知有多少树，每一个年轮之中，都有蝉在聒噪。——稻起

松原を一里は来たり蟬の声　　　——沾荷

我在松林中独行一里，进入耳中的，一直是聒噪蝉鸣。——沾荷

人们偶尔会用滑稽夸张的手法来描绘这个问题：

鳴いてゐる木よりも太し蟬の声

噪声简直比歌唱的那些树还粗大，这聒噪蝉鸣。

杉高しされども蟬のあまる声

杉树虽高，蝉鸣的音调，却不知高出几许！

声長き蟬は短きいのちかな

聒噪声何其之长，蝉的性命，却又何其之短！

有些诗人会在蝉鸣停止之后庆祝那种消极的快乐：

蝉に出て蛍に戻る納涼かな　　——也有

蝉不再聒噪，萤火虫出现，纳凉正好！——也有

蝉の立つあと涼しさよ松の声　　——梅雀

蝉停止喧嚣，好生凉爽！随后是松音的感激回应。——梅雀

顺带一提，我在这里会提到一首关于松音的日本短歌，歌曲中的象声词“沙沙沙”非常出色地表现出了风吹过松针的低沉嗡嗡声：

沙沙沙！
河畔的松音，
沙沙沙！
沙沙沙！

然而，有不少诗人宣称，蝉的声音造成的感受完全取决于听者的紧张状态：

森の蝉涼しき声やあつき声　　——乙州

林中蝉鸣全凭心意，有时清凉，有时闷热。——乙州

涼しさも暑さも蝉の心かな　　——不白

时而清凉，时而闷热，对蝉的栖息之所感受全在一

心。——不白

涼しいと思へば涼し蟬の声　　　——吟江

心清凉，蝉鸣之声，便自然清凉。（这是因为想法会改变心情）——吟江

鉴于日本诗人对蝉鸣嘈杂的诸多抱怨，读者在得知中国和日本都会用蝉的外壳——或许是根据治疗痛风病的原则——来制作治疗耳朵疼痛的药物时，或许会感到惊讶！

然而，有一首诗证明对蝉鸣的音乐自有欣赏之人：

おもしろいぞやわが子の声は高い森木の蟬の声

多么甜美悦耳，我家孩儿的声音啊，好似那林中高树上的，蝉音美鸣！[①]

不过这样的欣赏是很少见的。更多的诗人将蝉描绘成为了夜间以露水为食而高喊：

蟬をきけ一日鳴いて夜の露　　　——其角

耳听蝉鸣！自一日之初起，整整一夏都在为夜露高喊。——其角

夕露の口に入るまでなく蟬か　　　——梅室

① 这首诗还有另一个版本："真是甜美悦耳，我家孩儿的叫声，甚至比超度死者的念经声，更胜一筹。"人们认为佛教的所有仪式都是特别美丽的。——作者注

待夜露，满口之时，这蝉才会停止叫喊吗？——梅室

情歌之中偶尔会提及蝉，下文就是一个很好的例子。这首歌属于艺伎常唱的那一类小曲。尽管带有人为的感染力，我认为仅仅当作一种巧妙言辞的话，这首小曲还是很美的，不过在日本人的欣赏品位中，这小曲却显然是庸俗的。曲中暗示殴打意味着嫉妒吃醋：

主にたたかれわしゃ松の蝉 すがれつきなくばかり

被我那吃醋的爱人殴打，我就像那松树上的蝉，紧抱着树干，只能哭泣。

实际上，根据日本的艺术指导原则，下面这首诗歌描绘的场景更具真实感（我不知道作者的姓名）：

蝉一つ松の夕日をかかへけり

一只蝉，独立松树之冠，一心想要捉住落日的最后余晖。

四

日本的咏蝉诗歌并没有形成多少带有哲理性的诗句，但是不多的这类诗句拥有一种异国情调。就像蝴蝶的形态变化为古希腊思想提供了灵魂升华的象征一样，蝉的自然历史为佛教提供了传教的比喻和寓言故事。

人脱离躯壳只是像蝉蜕除外壳一样。但是每一次轮回都让前世的记忆模糊：我们对前世的记忆并不比蝉对它蜕除的外壳更多。通常，人们会发现在蜕除的外壳旁，会有一只蝉在歌唱，一位诗人为此写道：

われとわが殻やとむらふ蟬の声　——也有

端坐在前世的躯壳一旁，为自己的葬礼，蝉唱起一曲哀歌。——也有

这种蜕去的外壳，或者说幻象，就像活着一样紧附在树干或树枝上，仿佛仍然用一双呆滞的大眼睛盯着看。此情此景，对世俗诗人和宗教诗人都会产生不少启发。在情歌之中，蜕去的蝉壳常常被比喻成一副被热情的渴望吞噬的身躯。在佛教诗歌中，它成为尘世浮华的象征——人类所谓的伟大的空虚的表现。

世の中よ蛙の裸蟬の衣　——可言

尘世之苦哇，我们在其中就像赤裸虚弱的蛙，蜕去浮华便如蝉蜕去外壳。——可言

不过有时诗人会将会叫的拥有翅膀的蝉与人的灵魂相比，将其蜕去的破损外壳与灵魂留下的肉身相比：

魂は浮世に鳴いて蟬の殻

这是抛却的躯壳，灵魂脱离浮世的刺耳声响，就好比蝉鸣。——不详

然后火热的太阳加剧了蝉的骚动——夏季生活的这场陆地风暴注定很快就会过去——被传教僧侣和诗人用来类比人类欲望的骚动。就好比蝉破土而生，在温暖、光明和喧嚣中攀爬，不久又回归尘土和寂静那样，人的一生也是这样自寂静而生，喧嚣一时，又匆匆而过：

やがて死ぬけしきは見えず蟬の声　　——芭蕉

一切消逝得何其快速，寂灭来得如此之快，蝉鸣的喧嚣便是如此。——芭蕉

我不知这则小小俳句，是否能解释我们从蝉鸣的凄凉音调表现的大自然的孤独之中，感受到的那种夏日的忧郁。在不知不觉中，数以亿万计的渺小生命在宣扬东方的古老智慧——永恒的无常之道。

然而，我们的现代诗人当中，会留心各种昆虫声音的是何其之少！

或许大自然今日只有靠这些纤细甜美的短促虫叫，才能对那些受到生命之谜无情困扰的灵魂说话，就像它在古时对所罗门王说话那样。

东方智慧聆听万物。获得东方智慧的人会聆听昆虫的语言——就像西格德[①]那样，品尝着龙的心，突然听到鸟在说话。

① 北欧神话传说中的屠龙英雄。——译者注

篇后记

我在本文所用的蝉的图片，都选自一本奇异的多卷本手绘书籍，保存在上野的帝国图书馆，书名为《虫类图志》——可以自由引申解释为“昆虫类的图片集和文字描述”，分为十二卷。作者佚名，不过他肯定是一个和蔼可亲的有趣人物，这一判断的依据是他所写的朴实无华的前言，他在前言中为自己毕生的苦劳致歉。

“在我年轻之时，”他写道，“我酷爱捕捉蠕虫和昆虫，然后将它们的样子画下来，于是迄今为止，这些图片已有数百张之多。”

他相信自己找到了一个研究昆虫的好理由。他写道：

“在这世上的众多生物之中，那些体形庞大的生物人们都较为熟悉，我们对它们的名称、外形和益处，还有它们的害处都非常清楚。但是我们对那些体形非常小的生物的各种性质仍不了解，尽管昆虫和蠕虫这样的小小生物能够伤害人类，摧毁有价值的事物。于是我认为了解昆虫或蠕虫的特殊益处或害处对我们人类而言非常重要。”

看来他曾经找到过“其他几个国家的”几种“吃树叶和嫩叶”的昆虫，但是他不能“确切地说出它们的名称”。至于日本国内的昆虫的名称，他查阅了许多中日文书籍，“能够用合适的汉字写出它们的名称”，不过他告诉我们，他“还记录下老农民和小男孩们给各种蠕虫和昆虫取的名字”。

这篇前言的日期记录如下：

“安政三年（1856）三月，于小茅庐中。”

随着科学研究传入日本，《虫类图志》的作者已没有希望引起人们注意。然而，他那十分朴素美妙的作品仅仅被遗忘一时而已。如今这是一本珍贵的奇书，而这位老作者的灵魂可能在今日参观帝国图书馆时会感受到一些幸福。

日本女性的名字

一

日本人会将一类少女称为“玫瑰姑娘”。或许我的读者会想到丁尼生[①]的诗句:“少女们的玫瑰花蕾园的玫瑰皇后”，去想象玫瑰所象征的日本和英国女性观念之间的一些相似之处。但是根本就没有这种可比性。日本的“玫瑰姑娘”之称不是因为娇嫩甜美，不是因为面泛红晕，也不是因为红润的肌肤；事实上，红润的肤色在日本并不受推崇。被称为“玫瑰姑娘”的女子，主要是因为玫瑰带刺。某个试图摘取日本玫瑰的男子很可能会被刺伤手指。想要赢得玫瑰姑娘青睐的男子，往往会让自己伤得比被玫瑰刺伤严重得多——甚至会丧命。独自一人手无寸铁遇上一只老虎，都会比邀请一位玫瑰姑娘爱抚好些。

现在日本的“玫瑰姑娘”——这个明喻要比西方人用花所作的比喻更为理性——会显得怪异，只是因为它不符合我们的诗意用法和情感上的习惯。日本式的明喻和隐喻并非外人匆匆解读就

① 阿尔弗雷德·丁尼生（1809—1892），英国维多利亚时代最受欢迎和特点极其鲜明的一位诗人。——译者注

会明白，说明这一事实的例子可能有上千个，玫瑰姑娘就是其中之一。这一事实在日本女性的名字之中体现得特别清晰。日本女性在采用了某种树木、鸟类或鲜花的名字时，其遵循的个人称谓表达的日本人的想象，与相应的英语单词在类似的条件下表达的英国人的想象不太一样。

在我们看来，日本的女性名字翻译成英文很美，其实只有一小部分是因为审美方面的原因。许多人仍然认为，日本少女通常以鲜花、优雅灌木或其他美丽物体来取名，这种设想其实也不正确。美学意义上的称谓确实在使用，但大多数的日本女名都不是根据美学意义来取的。

几年前，一位年轻的日本学者就这个课题发表了一篇有趣的论文。他收集了女子高等师范学校中大约四百名女生的名字。这些少女来自日本帝国的各个地区。他在名单上发现，只有五六十个名字具有美学素质。可即使这五六十个名字，他也很仔细地评价说它们只是“引起了一种美感”而已，并不是出于美学原因取了这些名字。这些名字当中有崎、峰、岸、滨、国——原本都是地名；鹤、田鹤和千鹤；还有吉野、织野、证和真砂。这些名字在一个西方人看来，鲜有美感，可能最初没有一个是出于美学原因取的。

名字里带个“鹤”字寓意是长寿，而不是美丽；大量带“野”字的名字寓意是各种道德品质。我怀疑是否有哪怕 15% 的日本女名是真的为了美感取的。取的名字寓意道德或者精神素质的比例要大很多。日本女名经常会体现温柔、仁慈、灵巧、聪明的意思，而暗示形体魅力或表达美学思想的名字相对就较少见。其中一个原因在于，极具美学意义的名字都是艺伎用的，因此被庸俗化了。

然而最主要的原因，肯定是在日本的道德评价中，内在美仍然占据着不亚于西方中世纪宗教信仰时期那样的重要地位。不仅在理论上，在日常生活中，内在美都远高于形体美。男性选择少女为妻，往往不是因为她们的美貌，而是因为她们的内在品质。在中层阶级家庭，一个非常美学化的名字不会被认为体现了最佳品位。在较为贫穷的阶层，人们几乎不会认为这样的名字是值得尊敬的。另一方面，地位显赫的淑女有幸拥有极富诗意的名字，不过大多数贵族的女名也注重内在品质胜过美学观感。

可是研究日本女名的第一大难题是翻译难题。日语口语知识对你帮助甚少，汉字知识则是必不可少的。一个名字只写日文假名的话，在大多数情况下，甚至无法猜测它的意思，只有名字的汉字才能解释它的意思。上文提及的那位日本论文作者，发现自己不得不从二百一十三个名字的名单之中，剔除不下三十六个名字，仅仅是因为这三十六个名字是用假名写下的，无法解释。假名只给出发音而已，在大多数情况下，女性名字的发音解释不了任何事情。音译成罗马拼音的话，一个女名可以代表两种、三种甚至六种不同的事物。名单中被剔除的名字之一是ばんか（Banka）。ばんか可能代表“盘荷，即薄荷”（植物），那就是一个很好的名字，可是它也可以代表“晚霞”。另一个被排除的名字是ゆか（Yuka），可能是“宝贵”（ゆかぶつ）的缩写；但也可能是更普通的意思“床”。第三个例子是のち（Nochi），可能意味着“未来”，却也可能意味着“后裔”和其他各种不同事物。

读者可以在给出的后续名单中找出许多其他同音词。例如，あい罗马拼音为Ai，可以代表“爱”或“蓝”；ちょう（Chō），可以指“蝶”或“长”；えい（Ei），可以指“颖”或“英”；けい

（Kei），可以指“庆”或“敬”；さと（Sato），可以指“里”或“砂糖”；とし（Toshi），可以指“年”或“镞”；たか（Taka）可以指“高”“尊”或“鹰”。在书写日文时使用罗马拼音字母的首要障碍，也是至今无法克服的障碍，就是日文的同音异义字数量惊人。你只需在任何一本优质日英词典上扫一眼，就能理解这个障碍有多严重。不用让相关例子成倍增长，仅我发现罗马拼音拼作“chō”的字就有十九个；拼作“ki”的有二十一个；拼作“to”或“tō”的有二十五个；拼作“ko”或“kō”的有不下四十九个。

然而，正如我在上文提示的那样，一个日本女名的真正含义，即便借助汉字直译都无法确定。例如，“镜”（Kagami）这个名字的真正含义是“纯洁的心灵”，这并非西方意义上的解释，而是儒家意义上的解释。“梅”（梅花 Umé）这个名字的含义是为人妻子的忠诚和美德。“松”（Matsu）不是让人想起松树美好姿态的名字，而是因为松树常绿是岁月旺盛的象征这一事实。为女孩取名“竹”（Také），只是因为千百年来，竹一直是好运的象征。“仙”（Sen 木仙子）这个名字在西方人听起来十分迷人，可是它只是表达了父母希望自己的女儿和她的后代健康长寿的愿望，因为据说木仙子的寿命长达数千年……同样，许多名字看来是如此奇怪，乃至于不询问使用这个姓名的人或者取名的人，根本就不能发现它们的意义，甚至有时一切询问都是徒劳，因为原先的意义早已被遗忘。

在进一步探讨这个课题之前，我将在这里提供一份那位东京论文作者开列的日本女性名字名单的译文——按照字母顺序重新排列，删除了前缀或后缀的敬称。虽然一些常见名字没有列出，但该列表仍然说明许多依然流行的女名的特征，我还会举例来说明我在上文提请读者注意的几项事实。

女子高等师范学校（1880—1895）在校生和毕业生精选名单

名字	释义	学生人数
蓝（*Ai*）	蓝色	1
爱（*Ai*）	爱情	1
明助（*Akasuké*）	光明的助手	1
朝（*Asa*）	早晨	1
浅（*Asa*）	浅、肤浅[①]	2
逢（*Au*）	会面、遇见	2
文（*Bun*）	文学意义上的“作品”[②]	1
近（*Chika*）	附近[③]	5
千岁（*Chitosé*）	一千年	1
千代（*Chiyo*）	一千个世代	1
千鹤（*Chizu*）	一千只鹤	1
蝶（*Ch*）	蝴蝶	1
长（*Chō*）	优越、略胜一筹	2
颖（*Ei*）	聪明	1
英（*Ei*）	花开	2
悦（*Etsu*）	愉快	1
笔（*Fudé*）	毛笔	1
富士（*Fuji*）	富士山	1
藤（*Fuji*）	紫藤花	2
蕗（*Fuki*）	植物名，即日本蜂斗菜	1

① 或许原本是一个地名。——作者注

② 或许我们应当不太古雅地称之为“一篇优秀的文章”——作者注

③ 或许带有“附近”和“亲近”的意思，但是不能肯定。——作者注

（续表）

名字	释义	学生人数
福（*Fuku*）	好运气	2
文（*Fumi*）	信笺[1]	5
文野（*Fumino*）	信笺的场所	1
房（*Fusa*）	流苏、穗子	3
银（*Gin*）	白银	2
滨（浜，*Hama*）	海岸、河岸	3
花（*Hana*）	花朵	3
春江（*Haruë*）	春季的港湾	1
初（*Hatsu*）	第一个出生	2
英（*Hidé*）	优秀	4
秀（*Hidé*）	丰产	2
久野（*Hisano*）	狭长的平原	2
市（*Ichi*）	市场	4
育（*Iku*）	培育滋养	3
稻（*Iné*）	春稻	3
石（*Ishi*）	石头	1
丝（*Ito*）	细丝线	4
岩（*Iwa*）	岩石	1
顺（*Jun*）	顺从[2]	1
镜（*Kagami*）	镜子	3
镰（*Kama*）	镰刀	1
龟（*Kamé*）	陆龟	2

① 这个“文”特指女性书写的信笺，是按照女性书信体的各项规范写成的。——作者注

② 日文“殉死”的“殉”读音与“顺”相同，都是“Jun”。“顺”（jun）这个词要比英语“obedience”（顺从）一词在现当代包含的意义强烈得多。——作者注

（续表）

名字	释义	学生人数
亀代（*Kaméyo*）	陆龟的世代①	1
堪（*Kan*）	忍受②	11
佳奈（*Kana*）	书面语意义上的日语字母③	2
金（*Kané*）	青铜等金属	3
胜（*Katsu*）	胜利	2
钗（*Kazashi*）	发夹，或者任何插在头发上的头饰	1
数（*Kazu*）	数字，特指“大数字”	1
敬（*Kei*）	尊敬	3
谦（*Ken*）	谦虚	1
菊（*Kiku*）	菊花	6
菊枝（*Kikuë*）	菊树枝	1
菊野（*Kikuno*）	菊花生长的地方	1
君（*Kimi*）	君主	1
金（*Kin*）	黄金	4
绢（*Kinu*）	丝绸制品	1
岸（*Kishi*）	河滩、海滩	2
喜代（*Kiyo*）	喜乐的世代	1
清（*Kiyo*）	清纯	5
鏁（*Ko*）	钟声	1
孝（*Kō*）	孝顺、孝道	11

① 据说陆龟的寿命达到一千年。——作者注

② 这个“堪”是日文“堪忍”一词的缩写，后者的意思是“忍耐”“自制”等。对这个名字同样清晰的意译是“耐心”。——作者注

③ 假名用来表示日文音节，即日文书写的字符。读者如果愿意的话，可以将这个名字想象成意味着所有女性魅力的字母；不过我承认，我还无法找到任何令人满意的解释。——作者注

（续表）

名字	释义	学生人数
好（*Kō*）	精巧	1
驹（*Koma*）	雌马驹	1
米（*Komé*）	脱谷稻米	1
琴（*Koto*）	日本琴或筝	4
熊（*Kuma*）	熊	1
组（*Kumi*）	编织	1
都（*Kuni*）	首都，主要城市	1
国（*Kuni*）	分国	3
仓（*Kura*）	宝库	1
仓野（*Kurano*）	库房所在的地方	1
栗（*Kuri*）	栗子	1
桑（*Kuwa*）	桑树	1
正（*Masa*）	正好，确实	3
真砂（*Masago*）	细沙	1
增（*Masu*）	增长，增加	3
增枝（*Masuë*）	增长出来的枝节	1
松（*Matsu*）	松树	2
松枝（*Matsuë*）	松树枝	1
道（*Michi*）	道路——教义	4
三枝（*Mië*）	分三叉的树枝	1
干枝（*Mikië*）	主枝	1
峰（*Miné*）	山峰	2
光（*Mitsu*）	光亮	5
光枝（*Mitsuë*）	闪光的树枝	1
盛江（*Morië*）	服务间[①]	1

① 这里的“服务”特指在用餐时间提供的服务，如供应米饭等。——作者注

（续表）

名字	释义	学生人数
种（*Naka*）	正中间	4
波（*Nami*）	波浪	1
信（*Nobu*）	诚信	6
延（*Nobu*）	延伸[①]	1
延枝（*Nobuë*）	延长的树枝	1
缝（*Nui*）	挂毯或刺绣品	1
织野（*Orino*）	织布的地方	1
乐（*Raku*）	欢乐	3
连（*Ren*）	组织者	1
陆（*Riku*）	陆地，地面	1
禄（*Roku*）	俸禄、薪酬	1
龙（*Ryō*）	龙	1
隆（*Ryū*）	崇高	3
贞（*Sada*）	贞洁	8
崎（*Saki*）	海岬，岬角	1
作（*Saku*）	作品[②]	3
里（*Sato*）	家，家乡	2
泽（*Sawa*）	沼泽	1
势（*Sei*）	精力	1
关（*Seki*）	障碍物，城门、收费关卡等	3
仙（*Sen*）	仙子[③]	3

① 或许表达的是希望家族延续下去的意思，不过可能性更大的是女儿的照料延长了父母或丈夫父母的寿命。——作者注

② 一种文体，“作文”的缩写。——作者注

③ 事实上，英语里没有一个词能对应日语的“仙”或“仙人”，这个词指的是一个已有数千年寿命并拥有各种仙法的人物。一些权威人士认为日本人对仙人的信仰起源于印度，或者源自对仙人的古老传统信仰。——作者注

（续表）

名字	释义	学生人数
节（*Setsu*）	真实，温柔而真实	2
镇（*Shidzu*）	寂静	1
静（*Shidzu*）	肃穆安详	2
重（*Shigë*）	双重	2
鹿（*Shika*）	鹿	2
鹿江（*Shikaë*）	鹿湾	1
缔（*Shimé*）	结，系紧	1
真（*Shin*）	真实	1
品（*Shina*）	物品	1
德（*Shina*）	品质	1
筱（*Shino*）	细竹	1
证（*Shirushi*）	证据	1
俊（*Shun*）	优秀	1
末（*Sué*）	最后	2
杉（*Sugi*）	杉科树木	1
舍（*Suté*）	放逐者，被遗弃者	1
铃（*Suzu*）	小铃铛	8
锡（*Suzu*）	锡	1
铃枝（*Suzuë*）	挂着小铃铛的树枝	1
妙（*Taë*）	精美	1
誉（*Taka*）	光荣	2
高（*Taka*）	崇高	9
竹（*Také*）	竹子	1
玉（*Tama*）	珠宝	1
环（*Tamaki*）	环	1
为（*Tamé*）	为了某某的缘故	3

（续表）

名字	释义	学生人数
谷（*Tani*）	山谷、河谷	4
田鹤（*Tazu*）	白鹳	1
铁（*Tetsu*）	钢铁	4
德（*Toku*）	品德	2
留（*Tomé*）	停，停止①	1
富（*Tomi*）	富裕	3
富寿（*Tomijū*）	富有而长寿	1
友（*Tomo*）	朋友	4
虎（*Tora*）	老虎	1
镞（*Toshi*）	箭镞	1
丰（*Toyo*）	丰盛	3
次（*Tsugi*）	下一个，即第二个诞生的孩子	2
纲（*Tsuna*）	纽带，绳索或束缚	1
常（*Tsuné*）	恒常，和英文名康斯坦丝（Constance）同义	10
鹤（*Tsuru*）	鹤	4
梅（*Umé*）	梅花	1
梅之枝（*Umégaë*）	梅树边的雾	1
梅野（*Uméno*）	梅树遍布的地方	2
浦野（*Urano*）	岸边的原野	1
丑（*Ushi*）	牛②	1

① 这样的名字可能意味着，在这个女儿出生后，父母决定不再继续生孩子了。——作者注

② 这个不同寻常的名字很可能用来指出生日期。根据古老的中国星相学，年、月、日和时辰都用十二地支命名，而十二地支各有动物象征，于是人的出生年月日和时辰就被认为与这些象征物有某种神秘关系。我猜想那位丑小姐出生在丑（牛）年丑（牛）月丑（牛）日丑（牛）时。——作者注

（续表）

名字	释义	学生人数
歌（*Uta*）	诗歌或歌曲	1
若菜（*Wakana*）	嫩菜，可能是指油菜属植物	1
八重（*Yaë*）	八倍	1
安（*Yasu*）	安宁，安静	1
阳（*Yō*）	阳性，与中国传统哲学所说的女性属阴相反，因此，这一词或许指阳刚之气	1
米（*Yoné*）	大米，在古代意味着财富	4
良（*Yoshi*）	好	1
芳野（*Yoshino*）	很好的原野	1
勇（*Yū*）	勇气、勇敢	1
百合（*Yuri*）	百合花	1

可以看出，在上述名单中，表示恒常、忍耐和孝道三种意思的名字数量是最多的。

二

现在必须提及一些为日本女性取名的较为重要的规则。大多数日本女性的名字用的是两个音节的词。属于中下层阶级的受人尊敬的妇女名字，几乎都是双音节的，除非这些名字用某些奇怪的后缀加长，下面我会提到这些后缀。从前，用三个或更多个音节的名字都属于上层阶级。不过，在今日的日本上流社会，只有两个音节的女名也很流行。

按照日本人的习俗，对一个双音节的女性名字应前缀一个表示尊敬意思的“阿”（O）字，后缀一个“小姐或夫人”（San）的敬语，如阿松小姐或夫人，意思就是“尊贵的松小姐”或“尊贵的松夫人”；阿梅小姐或夫人，意思就是“尊贵的梅小姐”或“尊贵的梅夫人”[①]。可是如果名字恰好有三个音节，那么敬语“阿”就不用了。如一位名叫“菊枝”的女子，不必称呼为“阿菊枝小姐”，只需要称呼为“菊枝小姐”。

在淑女们的名字前面，敬语“阿”已不再像以前那样使用，即使在名字只有一个音节的时候。在淑女的女名不再前缀敬语，而是后缀了一个敬语“子”（ko）。一个名叫“富”的农家少女会被同侪称呼为“阿富小姐”，不过一位同名的上流淑女会被称为“富子”（小姐）。例如，贵族女子学校的班主任下田夫人，拥有一个美丽的名字“歌”。函件上要称呼她为“下田歌子”（下田歌夫人），她在回信时也这样签名；按照日本习俗，姓氏都是放在名字前面的，而不是像我们西方人那样，将姓氏放在后面。

这个后缀用汉字写为“子”，意思是“孩子”，一定不能与另一个用不同汉字“小”（ko）来书写的同音字混淆，这个字经常出现在舞女的名字之中。我应当大胆放言，这个优雅的后缀拥有小小的安抚价值，而“爱子”这个名字可以非常恰当地用斯宾塞的《仙后》一文中的“阿莫雷塔”（Amoretta）一词来解释。就这样，一位名叫“节”或“贞”的日本女士，在今天不会被称呼为“阿节”

① 在某些较亲密的环境下，前缀和后缀的敬称都可以舍弃。上级在称呼下级时，也会将它们去掉。例如，一位淑女不会称呼她的女佣为“阿米小姐”，而是仅称呼为“阿米”（日语其实连‘阿’字都省略了，译者按照汉语的一般习惯保留‘阿’字）。——作者注

或“阿贞”，而是称为“节子”或“贞子”。另一方面，如果一位日本妇女签名时自称“节子”或“贞子”，她肯定会被人嘲笑，因为这个后缀会让她的称呼有“节子夫人”或“贞子夫人”的意思（按照当时的习惯，这样称呼会被理解为“节夫人夫人”或“贞夫人夫人”）。

我在上文已经说过，敬语“阿”（O）是放在中下层女名之前的。即便是一个车夫（kurumaya）的妻子也有可能被称为“尊敬的某某夫人”。不过就前缀“阿”（O）的一般规则而言，有一些引人注目的例外。在一些乡村地区，两个音节的女名被加上一个特殊的后缀而变成三音节女名；在这些三音节女名前面，“阿”（O）是不会出现的。例如，纪伊国和歌山少女，通常会在女名后加上后缀“江”（ë）[①]，表示“河口、海湾、狭窄海岔”，有时也表示“河流”。于是我们会见到“波江、富江、住江、静江、玉江”这些女名。另外在某些地区，大多数女名后面都有一个地方式后缀“野”（no），意思是“原野”或“平原”。“吉野、梅野、静野、浦野、歌野”就是这一类的典型名字。一位名叫波江或菊野的少女不会被称为“阿波江小姐”或“阿菊野小姐”，只会被称为“波江小姐”或“菊野小姐”。

日语“さん”（san）[②]，放在女名后面，相当于英语的“小姐”（Miss）或“夫人”（Mrs.）；放在一个男名后面，至少起到英语“先生”（Mr.）的作用，或许分量更重。未缩写的“样”字也放在男女高贵人士的名字后面，以及神祇的名字后面。神道教众神都被称为“神样”，应当可译为“大神”（the Lords Supreme）；地

① 这个后缀一定不能与另一个表示“枝”的同音后缀“ë”混淆，这个后缀也附加在许多常用女名后面。例如，如果没有见到汉字，你就无法确定“Tamaë”这个名字到底是“玉枝”，还是“玉江”。——作者注

② “样”（Sama）的缩写，“样”的原意指形状、外表。

藏菩萨被称为“地藏样”，即“地藏大人”（the Lord Jizō）。一位上流社会的贵妇也可以被称为“样”。一位名叫“彩子”的贵妇，可以非常恰当地被称为“彩子样”（彩子大小姐）。不过当一位贵妇的名字除了后缀之外，由三个以上的音节构成时，习惯上会去掉“子”（ko）或尊称。如此一来，“彩芽女士”不会被称为“彩芽子小姐”，而是更悦耳的“彩芽小姐”[①]或“彩芽子”。

关于日本女名前缀和后缀的使用规范，我已经讲述了很多，接下去会尝试对这些女性名字分类，从使用最为普遍的女名开始。大家会发现进行这样的分类特别有趣，因为它反映了对伦理和美学问题的某些种族情感，还因为有助于说明与日本风俗有关的一些奇怪事实。我将第一份名单留给那些包含纯粹道德意义的名字，人们通常希望孩子们长大后能配得上名字赋予的意义。不过无论如何，以下这些名单都是不完整的，只是具有代表性而已。此外，我必须承认我无法解释许多名字的意义，这些名字的意义对于日本朋友和我本人都是谜团。

用美德和礼仪取的名字

阿爱（*O-Ai*）	爱情
阿知惠（*O-Chië*）	才智，智慧
阿忠（*O-Chū*）	忠诚
阿仁（*O-Jin*）	温柔，仁慈
阿顺（*O-Jun*）	忠心至死
阿海容（*O-Kaiyō?*）	原谅，宽恕

① “彩芽小姐”这个称呼相当普遍，陌生人在口头上不能用这种方式称呼，但是寄给这位女士的书信可以这样称呼。一般来说，称为“彩芽子”是尊重意味更强的表达方式。——作者注

（续表）

阿贤（*O–Ken*）	道德鉴别意义上的“明智”
阿孝（*O–Kō*）	孝道，孝顺
阿正（*O–Masa*）	正当，公正
阿道（*O–Michi*）	道路，信条
操（*Misao*）	荣誉，为人妻子的忠诚
阿直（*O–Nao*）	正直，诚实
阿信（*O–Nobu*）	诚信
阿礼（*O–Rei*）	中国传统意义上的“举止得体守礼”
阿烈（*O–Retsu*）	纯洁而真诚
阿良（*O–Ryō*）	慷慨大方，宽宏大量
阿贞（*O–Sada*）	贞洁
阿诚（*O–Sei*）	真诚
阿信（*O–Shin*）	忠诚意义上的信任，信赖
阿静（*O–Shizu*）	宁静，心灵平静
阿节（*O–Setsu*）	节操，为人妻的美德
阿为（*O–Tamé*）	为了……的缘故，一个表示无私精神的名字
阿贞（*O–Tei*）	在道德服从意义上的“顺从”
阿德（*O–Toku*）	品德
阿友（*O–Tomo*）	朋友，尤其是伙伴、伴侣意义上的朋友
阿常（*O–Tsuné*）	恒常
阿安（*O–Yasu*）	和蔼可亲，温柔
阿良（*O–Yoshi*）	好
阿吉（*O–Yoshi*?）	表示敬意

下一份名单里出现的是那些乍一看比实际意义更加复杂的名字。这份名单包括比前一份名单更多的称呼，但是几乎所有的女

名代表的都是父母相信孩子会表现出的优良品质，或者他们希望女儿将来能得到的一些幸福。属于后一类的是美代和正代这样的名字。

表达个人品质或者父母亲希望的名字

阿笃（*O-Atsu*）	慷慨，自由
阿亲（*O-Chika*）	格外宝贵的
阿千贺（*O-Chika*）	上千次欢庆
阿长（*O-Chō*）	长，可能指的是寿命长
阿大（*O-Dai*）	庞大
阿传（*O-Den*）	传承，从古人和传统接受的各种遗产
阿惠（*O-É*）	幸运
阿荣（*O-Ei*）	繁荣
阿艳（*O-En*）	魅力
阿延（*O-En*）	寿命的延长
阿越（*O-Etsu*）	超过
阿悦（*O-Etsu*）	好玩的，高兴的，愉快的
阿福（*O-Fuku*）	好运气
阿源（*O-Gen*）	源头，泉水和喷泉的起源
阿早（*O-Haya*）	快速，轻巧、灵活
阿秀（*O-Hidé*）	更胜一筹
秀代（*Hidéyo*）	更胜一筹的世代
阿广（*O-Hiro*）	广阔
阿久（*O-Hisa*）	长久（？）
勇（*Isamu*）	精力充沛，精神饱满，踊跃的
阿甚（*O-Jin*）	极其优秀
龟代（*Kaméyo*）	龟类的世代

（续表）

阿兼（O-Kané）[①]	完成两件事
阿薰（Kaoru）	芬芳的味道
阿方（O-Kata）	尊贵之人
阿胜（O-Katsu）	胜利
阿庆（O-Kei）	令人高兴的事
阿敬（O-Kei）	敬重
阿谦（O-Ken）	谦卑
阿吉（O-Kichi）	幸运
阿君（O-Kimi）	君主，出众的
阿际立（O-Kiwa?）	卓越的
阿清（O-Kiyo）	在感知意义上清楚
清（Kiyoshi）	明亮，美丽的
阿来（O-Kuru）	来者是她（?）[②]
阿丸（O-Maru）	圆形，饱满的
阿雅（O-Masa）	体面的
正代（Masayo）	公正的世代
阿增（O-Masu）	增长，增加
(阿）三枝（O-Miё）	三叉枝
阿干（O-Miki）	树干
(阿）三绪（O-Mio）	三股线
阿满（O-Mitsu）	丰盛，充裕

① 自日语的奇怪动词“兼顾”（兼ぬる）而来，这个动词的意思是同时做两件事。——作者注

② 回想起一个人，“哦，一声哨响，我会来找你的，我的小伙儿”，可是没有一个日本女性的名字会隐含这层意思。更加可能的是指家庭内部的服从性。——作者注

（续表）

阿见（*O-Miwa*？）	远见卓识
（阿）三辐（*O-Miwa*）	三辐（？）[①]
（阿）美代（*O-Miyo*）	美好的世代
深雪（*Miyuki*）[②]	深雪
阿元（*O-Moto*）	起源
阿仲（*O-Naka*）	友谊
阿赖（*O-Rai*）	信赖
阿乐（*O-Raku*）[③]	欢乐
阿幸（*O-Sachi*）	幸福
阿才（*O-Sai*）	才能，才干
阿荣（*Sakaë*）	繁荣兴旺
阿咲（*O-Saku*）	开花
阿清（*O-Sei*）	（在“清洁”意义上）细化
阿势（*O-Sei*）	精力
阿仙（*O-Sen*）	仙人，木仙子
阿茂（*O-Shigé*）	茂盛
阿缔（*O-Shimé*）	总计，至善
阿新（*O-Shin*）	新鲜
阿真（*O-Shin*）	真实
阿品（*O-Shina*）	物品，所有物
（阿）证（*Shirushi*）	根据，证据
阿贱（*O-Shizu*）	谦卑

① 这是字面意义，我无法理解这个名字。这个名字本身可以意味着一种佛学上的解释；但即便存在，在日本也鲜有这个佛教女名。——作者注

② 这个美丽的名字指的是大雪后安静祥和的雪景。对日本人而言，这是一个富有美学意义的名字，同时代表宁静和美丽。——作者注

③ 鉴于日本有这么一句俗话“欢乐是烦恼的种子”，取这个名字看上去很奇怪。

（续表）

阿正（*O-Shō*）	真实
阿俊（*O-Shun*）	卓越
阿好（*O-Suki*）	心爱的人，爱慕
阿助（*O-Suké*）	帮助者
阿澄（*O-Sumi*）	从筛选意义上“精选”
阿舍（*O-Suté*）	放逐者，被遗弃者[①]
阿妙（*O-Taë*）	精美
阿尊（*O-Taka*）	高尚的
阿高（*O-Taka*）	高大
（阿）宝（*Takara*）	财宝，贵重物品
阿玉（*O-Tama*）	珠宝
玉枝（*Tamaë*）	珠宝树枝
常盘（*Tokiwa*）[②]	永恒不变
阿富（*O-Tomi*）	富裕
阿敏（*O-Toshi*）	灵巧，娴熟
阿妻（*O-Tsuma*）	妻子
阿赖（*O-Yori*）	值得信赖
阿若（*O-Waka*）	年轻

① 叫这个名字的不一定是真正的弃儿。有时取这个名字可以用一种奇怪的旧习俗来解释。在某个家庭里，几个孩子相继在出生后不久就死去了。那么根据传统做法，下一个出生的孩子就必须被暂时抛弃。这一家下一个出生的孩子是个女孩儿，她被一个仆人带到野外或其他地方的僻静之处，然后留在那里。随后这家人雇来的一个农民或者其他人（这个人必须和这家人没有亲戚关系）迅速出现，佯装找到这个女婴，将她带回父母家中。他会对女孩儿的父亲说：“你看这弃婴长得多可爱，你们难道不去照料她吗？”这个女孩儿就被收留了，然后取名为“阿舍”，也就是弃婴的意思。从前（或许现在某些地方依然如此）人们认为，使用这种天真的花招，可以挫败那些之前造成其他孩子死亡的看不见的力量。——作者注

② 字面意义解释为“永恒的岩石”，但是在伦理道德意义上的意思是“如同岩石一般恒久不变”。“常盘”在日本历史和传统上都是一个著名的女名，因为这是源义经母亲的名字。她的动人故事，尤其是她带着几个孩子一同越过冰天雪地的片段，一直是历代艺术家的灵感之源。——作者注

日本人用地名或地理名称来为女性起名很常见，但这样的名字要解释清楚特别困难。一个孩子可能根据她出生的地方来取名，也可能因为父母的故乡是那个地方；因为古老的中国哲学关于方向和位置的信仰；因为传统习俗，或者因为与神道教有关的想法和念头，而用地名来取名的。

根据地名取的名字

（阿）富士（*O-Fuji*）	富士山
阿滨（*O-Hama*）	海岸
阿市（*O-Ichi*）	市场，集市
（阿）伊予（*O-Iyo*）	四国岛的旧分国——伊予国
阿河（*O-Kawa*）	河流
阿岸（*O-Kishi*）	海滩或河滩岸
阿北（*O-Kita*）	北方
阿际（*O-Kiwa*）	边境
阿国（*O-Kuni*）	分国
阿京（*O-Kyō*）	首都，京都
阿町（*O-Machi*）	城镇
松江（*Matsuë*）	出云的首府——松江
阿南（*O-Mina*）①	南方
阿峰（*O-Miné*）	山峰
阿宫（*O-Miya*）	神宫（神道教）②

① “Minami”的缩写。——作者注

② 我必须承认，在将这个名字归类为根据地名取的名字时，我只是猜测。在我看来，这个名字可能是在指某些旧分国名列第一，或者说最主要的神道教神宫。——作者注

（续表）

阿门（*O-Mon*）[①]	大门
阿村（*O-Mura*）	村庄
阿波（*O-Nami*）[②]	波浪
浪花（*Naniwa*）	浪花，即大阪的古称
阿西（*O-Nishi*）	四方
阿林（*O-Rin*）	公园
阿岬（*O-Saki*）	海岬
阿里（*O-Sato*）	故乡，村落，也是家乡
阿泽（*O-Sawa*）	沼泽
阿关（*O-Seki*）	收费路卡，关隘
茂树（*Shigéki*）	茂密的树林，森林
阿岛（*O-Shima*）	岛屿
阿园（*O-Sono*）	花园
阿泷（*O-Taki*）	瀑布
阿谷（*O-Tani*）	山谷，河谷
阿塚（*O-Tsuka*）	里程碑
阿山（*O-Yama*）	山

就其包含的女名的标准而言，下一份名单是一份奇怪的混合名单。有些名字是真正具有美感和令人愉快的；有些则是工业性

① 我猜想这个名字，就像“阿关”那样，一定是源于根据孩子家人居住的地方或附近地区的习惯来取的名字。不过此说仍是我的猜测。——作者注

② 将这个名字归入这一类也是猜测。我对这个名字一无所知，只知道据说这个名字不吉利这样一个奇怪的事实。——作者注

的；而有些则可能取自最不讨人喜欢的绰号。

用与妇女特别相关的物品和职业所取的名字

绫子（*Ayako*） 或者阿绫（*O-Aya*）[①]	锦缎花纹
阿文（*O-Fumi*）	女子信笺
阿房（*O-Fusa*）	流苏，穗子
阿丝（*O-Ito*）	细线
阿镰（*O-Kama*）[②]	割稻镰刀
阿釜（*O-Kama*）	釜，铁锅
（阿）钗（*Kazashi*）	发卡
阿绢（*O-Kinu*）	丝绸制品
阿琴（*O-Koto*）	琴
阿锅（*O-Nabé*）	锅，或者炊具
阿缝（*O-Nui*）	刺绣品
阿缔（*O-Shimé*）	结，系紧
阿染（*O-Somé*）	染色
阿樽（*O-Taru*）	木桶

下列名单完全由物质名词作的名字组成。其中的几个女名，我找不到其象征意义。一般来说，以金银等贵重物品取的女名是一种美名，以石、岩、铁等常见坚硬物质取名，寓意是坚固或强健。

① 织锦缎（Aya-Nishiki），是京都著名的花纹绸缎，“绫”这个女名获取是由此而来。——作者注

② 阿镰是一个常见的农家女名。阿釜（铁锅）和这份名单中的其他几个不好听的名字都是女仆的名字。古代的仆人不仅将自己的孩子培养成仆人，还用指代他们将来从事的劳役的特定名称来给他们取名。——作者注

但是“岩”这个名字有时也被用来表达希望孩子长寿或者家系长存的愿望。然而，奇异的名字“砂”（Suna）与单粒沙砾没有关系：这是一个半道德和半美学的名字。细砂，尤其是彩色细砂在这片美妙土地的园林中是十分珍贵的。细砂是用于保持一个美丽的地方一尘不染的，那里除了园丁之外，不许任何人踏足。

以物质名词为名

阿银（*O-Gin*）	白银
阿石（*O-Ishi*）	石头
阿岩（*O-Iwa*）	岩石
阿金（*O-Kané*）	青铜
阿风（*O-Kazé*）①	空气，或许指风
阿金（*O-Kin*）	黄金
（阿）瑠璃（*O-Ruri*）② 或瑠璃子（*Ruriko*）	翡翠，祖母绿？
阿硫（*O-Ryū*）	精炼纯金属
（阿）砂糖（*O-Sato*）	砂糖
阿石（*O-Seki*）	石头
阿盐（*O-Shiwo*）	食盐
阿砂（*O-Suna*）	沙子
阿锡（*O-Suzu*）	锡
阿种（*O-Tané*）	种子
阿铁（*O-Tetsu*）	钢铁

① 我没有找到这个怪异名字的任何解释。——作者注

② 这个日本女名并没有赋予西方女名“Esmeralda”同等的美感意义。琉璃通常不是绿色的，而是蓝色的。而“琉璃色”通常表示的是一种深紫色。——作者注

下列五个日本女名都是带有美感的名字，不过字面上所指的仍是属于智力工作的事物。其中至少有四个与书法——远东无与伦比的书法有关，而不是我们所说的“文学美”。

文学类的女名

阿文（*O-Bun*）	（文学）作品
阿笔（*O-Fudé*）	毛笔
阿文（*O-Fumi*）	信笺
阿书（*O-Kaku*）	书写
阿歌（*O-Uta*）	诗歌

与数字有关的日本女名很常见，也非常有趣。这些名字可以不太严格地分为两个子类，即指示出生顺序或时间的名字，还有带祝福意义的名字。“一”“三”“六”“八”这样的女名通常指出生顺序，但有时这种名字也记录了出生日期。例如，我认识一个名叫“阿六”的女人，父母为她取这个名字，不是因为她是家中的第六个孩子，而是因为她在明治六年六月六日降临人世。要指出的是在下列表格中没有二、五和九这三个数字：光是想象阿二、阿五或阿九这三个女名，在日本人看来就是荒谬的。我并不知道个中的确切原因，除了这几个名字会令人联想到不快的双关语。不过，“阿二”的位置由“阿次”（下一个）这个名字非常妥善地填补，这个名字将在后一份名单中找到。代表数字八十到一千及以上的名字，是带有祝福意义的名字。这些名字表达的愿望，就是希望取这个名字的人可以享有高寿，或者说希望她的后代可以在多少个世纪里都繁荣兴旺。

与数字相关的数量词和文字女名

阿一（*O–Ichi*）	一
阿三（*O–San*）	三
阿三（*O–Mitsu*）	三
阿四（*O–Yotsu*）	四
阿六（*O–Roku*）	六
阿七（*O–Shichi*）	七
阿八（*O–Hachi*）	八
阿十（*O–Jū*）	十
（阿）五十（*O–Iso*）	五十①
（阿）八十（*O–Yaso*）	八十
阿百（*O–Hyaku*）	百②
（阿）八百（*O–Yao*）	八百
阿千（*O–Sen*）	千
（阿）三千（*O–Michi*）	三千
阿万（*O–Man*）	一万
（阿）千代（*O–Chiyo*）	一千个世代
八千代（*Yachiyo*）	八千个世代
阿重（*O–Shigé*）	两倍
（阿）八重 *O–Yaë*	八倍
阿数（*O–Kazu*）	大数目
阿皆（*O–Mina*）	全部
阿半（*O–Han*）	一半③
阿几（*O–Iku*）	有几个?

① 这个名字应当记录了如下事实，即取这个名字的女孩儿是家里的第一个孩子，她的父亲在她出生时已经五十岁了。——作者注

② 在这个三音节词前加“阿”（O）看来违反了命名通则，但是“百”（Hyaku）的发音几乎就像一个双音节词汇。——作者注

③ “更好的一半？”读者可能会有这个疑问。不过我相信这个名字源于从父亲的名字中选一个字（有时也会从母亲的名字中取一个字）来为孩子取名字的古老习俗。或许此例是因为女孩的父亲名叫“半右卫门”或“半兵卫”。——作者注

“阿”与出生顺序有关的其他女名

阿初（*O-Hatsu*）	开始，第一个出生
阿次（*O-Tsugi*）	下一个，第二个
阿仲（*O-Naka*）	正中间
阿留（*O-Tomé*）	停止，结束
阿末（*O-Sué*）	最后一个

下一组名字中的一些可能是具有美感的。但是这样的名字有时只是指出生的时间或季节，不经过亲自调查，对这一组的一些特定女名取名的原因是很难断定的。

与时间和季节有关的女名

阿春（*O-Haru*）	春季
阿夏（*O-Natsu*）	夏季
阿秋（*O-Aki*）	秋季
阿冬（*O-Fuyu*）	冬季
阿朝（*O-Asa*）	早晨
阿朝（*O-Chō*）	黎明
阿宵（*O-Yoi*）	傍晚
（阿）小夜（*O-Sayo*）	夜晚
阿今（*O-Ima*）	现在
阿时（*O-Toki*）	时间，机遇
阿年（*O-Toshi*）	（全）年

无论真实存在的，还是神话传说中的动物，组成了另一类日本女名。这种类别的女名通常表现的是对孩子将来发展出某种品

质或能力的希望。大多数情况下，取“龙”“虎”“熊”等名字的用意是为了表现道德品质而非其他品质。“鲤”的道德象征性广为人知，在这里已无须解释。“龟”和“鹤”这样的名字寓意长寿。“驹”这个名字表示可爱，这个事实看起来可能很奇怪。

用鸟、鱼、兽类等动物的名字取的女名

千鸟（*Chidori*）	三趾鹬（白鸻）
阿龟（*O-Kamé*）	陆龟
阿鲤（*O-Koi*）	锦鲤[①]
阿驹（*O-Koma*）	小雌马，或雌马驹
阿熊（*O-Kuma*）	熊
阿龙（*O-Ryō*）	龙
阿鹿（*O-Shika*）	鹿
阿鲷（*O-Tai*）	鲷鱼[②]
阿鹰（*O-Taka*）	飞鹰
阿蛸（*O-Tako*）	墨鱼，章鱼（？）
阿辰（*O-Tatsu*）	龙
阿虎（*O-Tora*）	老虎
阿鸟（*O-Tori*）	鸟
阿鹤（*O-Tsuru*）	鹤[③]
阿鹫（*O-Washi*）	鹫、雕

① 锦鲤鱼。——作者注

② 海鲷鱼，大头鱼。——作者注

③ 有时这个名字的平假名写法“おつる”会简写为“おつ”。如今在东京，人们就像在称呼孩子的名字时那样，习惯将这个缩写前的敬语“お”去掉，加上后缀“ちゃん”（chan）。这样一来一个年轻女子就可以被亲切地称为“小鹤”（つちゃん）（阿鹤的昵称），“小安”（やちゃん）（阿安的昵称），等等。——作者注

即便用花果、植物或树木名称取的日本女名，在大多数情况下，也只是带有道德意义或祝福意义的名字，而不具备美学意义。梅花是女性美德的象征；菊花是长寿的象征；松树是长寿和恒久的象征；竹象征忠诚；杉象征道德端正；柳象征温柔和温顺，以及优雅的体态。读者对莲花和樱花的象征意义可能很熟悉。不过像花和瓣这样的名字才是真正美学意义上的名字，而在日本，百合和其他地方一样，是女性优雅魅力的象征。

以花为名

菖蒲（*Ayamé*）	鸢尾属植物[①]
（阿）蓟（*Azami*）	蓟花
阿瓣（*O-Ben*）	花瓣
阿藤（*O-Fuji*）	紫藤花
阿花（*O-Hana*）	花朵
阿菊（*O-Kiku*）	菊花
阿兰（*O-Ran*）	兰花
阿莲（*O-Ren*）	莲花
樱子（*Sakurako*）	樱花
阿梅（*O-Umé*）	梅花
百合（*O-Yuri*）	百合

用植物、水果和树木取的名字

阿稻（*O-Iné*）	稻子
（阿）枫（*Kaëdé*）	枫树叶

① 刺毛鸢尾或西伯利亚鸢尾。——作者注

（续表）

阿茅（*O-Kaya*）	茅草①
阿榧（*O-Kaya*）	紫杉②
阿栗（*O-Kuri*）	栗树
阿桑（*O-Kuwa*）	桑树
阿枞（*O-Maki*）	枞树，冷杉③
阿豆（*O-Mamé*）	大豆
阿桃 *O-Momo*	桃子④
阿楢（*O-Nara*）	橡树
阿柳 *O-Ryū*	柳树
早苗（*Sanaë*）	稻苗，刚发芽的稻子
阿实（*O-Sané*）	水果种子
阿筱 *O-Shino*	细竹
阿菅（*O-Sugé*）	芦苇，蓑衣草
阿杉（*O-Sugi*）	杉树⑤
阿竹（*O-Také*）	竹子
阿茑（*O-Tsuta*）	常春藤
八重（*O-Yaë*）	双花⑥
阿米（*O-Yoné*）	谷中米（稻谷）
若菜（*Wakana*）	幼嫩的菜⑦

那些表示光线或颜色的名字，在西方人看来，是日本女名中

① 白茅草。——作者注

② 日本榧树。——作者注

③ 即罗汉果树。——作者注

④ 然而这个名字可能被错误拼写。还有另一个日本女名，用罗马拼音也写作“Momo”，意思是“百”，在写作“momo yo”时，意思是“长命百岁”。——作者注

⑤ 日本柳杉。——作者注

⑥ 当然是一种花名；不过这里的“八重”可能是“八重樱”的缩写，八重樱是樱树的一个特殊的双花品种。——作者注

⑦ 小白菜。——作者注

最具美学意义的，在日本人看来，可能也是如此。然而，即使是这类名字的相关旨趣也无法一目了然。在古老的自然哲学体系中，颜色是具有道德价值和其他价值的；在西方人看来，一个名字只有表示光明或美丽，才会真正意味着道德上或者在社会上的卓越，就希望取这类名字的女孩儿将变得“杰出”而言确实如此。

表示光亮的名字

（阿）三日（*O–Mika*）	新月①
阿光（*O–Mitsu*）	光
阿霜（*O–Shimo*）	霜
阿照（*O–Teru*）	闪光
阿月（*O–Tsuki*）	月亮
阿艳（*O–Tsuya*）	光滑，柔软光亮
阿露（*O–Tsuyu*）	露水
阿雪（*O–Yuki*）	雪

表示颜色的名字

阿蓝（*O–Ai*）	蓝色，靛蓝
阿赤（*O–Aka*）	红色
阿色（*O–Iro*）	颜色
阿绀（*O–Kon*）	深蓝、青色
阿黑（*O–Kuro*）	黑暗，字面意义上就是“黑色”
绿（*Midori*）	绿色
紫（*Murasaki*）②	紫色
阿白（*O–Shiro*）	白色

① “三日”即“三日月”的缩写，即（旧历月亮月）三日夜晚的月亮。——作者注

② “绿”和“紫”，尤其是后者，应当更恰当地归类为贵族女名，这两个名字都是非常少见的。我在用贵族女子学校的记录为自己制作的贵族女名选编中找不到这两个名字，但是在一份中层阶级女名名单中发现了一个“绿”。以颜色为名在日本女名之中还是相当少的，我认为在这份名单中将这些名字集中起来，成为独立的一类比较好。——作者注

下面的最后一组女性名字包含了几个怪异谜题。有时候日本人会用家纹为女孩取名，这组女名的一两个或许可以从纹章学角度来解释。但是为何一个女孩会取名叫“船”，我真不确定能否猜到原因。或许有些读者会想起尼采的那首《名叫安吉莉娜（女孩）的双桅小帆船》：

> 安吉莉娜——他们就这样叫我——
> 现在是一艘船，有一次是一个女仆，
> （啊，永远是个女仆！）
> 爱那舵手，一来一去，
> 将舵轮转得如此娴熟。

可是这样的幻想不会进入日本人的脑海里。不过，我在一份家纹列表中发现，有两种不同的家纹代表一艘船、二十种代表一支箭，还有两种代表一张弓。

难以归类或解释的女名

阿服（*O-Fuku*）①	服装，衣服
阿船（*O-Funé*）	船，或者舟
阿雏（*O-Hina*）②	小玩偶，纸玩偶（？）
阿此（*O-Kono*）	这
阿尚（*O-Nao*）	更加

① 或许这个名字与“阿缝”和“阿染”属于同一类，可是我不确定。——作者注

② 这可能是一个带有爱抚意味的名字。“雏”一词特用于手工作制作的小型纸玩偶娃娃，造型是发型精致的年轻淑女；也可用于称呼老式的玩偶娃娃，造型是身着礼服的贵族。真正的玩偶，指那些造型是孩子的玩偶娃娃，被称为“人偶”。——作者注

（续表）

阿鸣（*O–Nari*）	雷声
阿驾笼（*O–Nibo*？）	轿子（？）
阿雷（*O–Rai*）	雷
阿类（*O–Rui*）	类别，种类，类属
阿铃（*O–Suzu*）①	小铃铛
铃枝（*Suzuë*）	挂满小铃铛的树枝
阿只（*O–Tada*）	只有，仅仅
环（*Tamaki*）	手链，手镯
阿民（*O–Tami*）	百姓，普通人
阿镞（*O–Toshi*）	箭头，或者倒钩
阿对（*O–Tsui*）	对，成对
阿纲（*O–Tsuna*）	绳索，纽带
阿弓（*O–Yumi*）	弓，兵器

在讲述贵族女性的名字之前，我必须提及日本名字的一项古老规则。这是个奇怪的规则，可能有助于解释此前的多份名单中的各种谜题。从前所有的人名——男名或女名都适用这一规则。本文无法对这一规则进行圆满的解释，因为能令人满意的解释至少需要五十页。不过，用最简洁的可能方式陈述的话，这一规则就是，名字的“首字”应当（在中国哲学意义上）“符合”推定的被取名之人的五行属性，或者说星相学意义上的性质。所要求的这种一致性不是由这个字的意思来决定的，而是由相应汉字的发

① 或许这个名字是因为小铃铛悦耳的声音取的。将一枚小铃铛放进孩子衣带上挂着的丝绸护身袋，是一个有趣的日本习俗。铃声随着孩子的每一个动作响起——有点像悬挂在一只宠物猫脖子上的小铃铛。——作者注

音来决定的。这个课题的各种困难，可以从下图中得到一些模糊的认识。

五行属性与日语音节在发音上的关系图

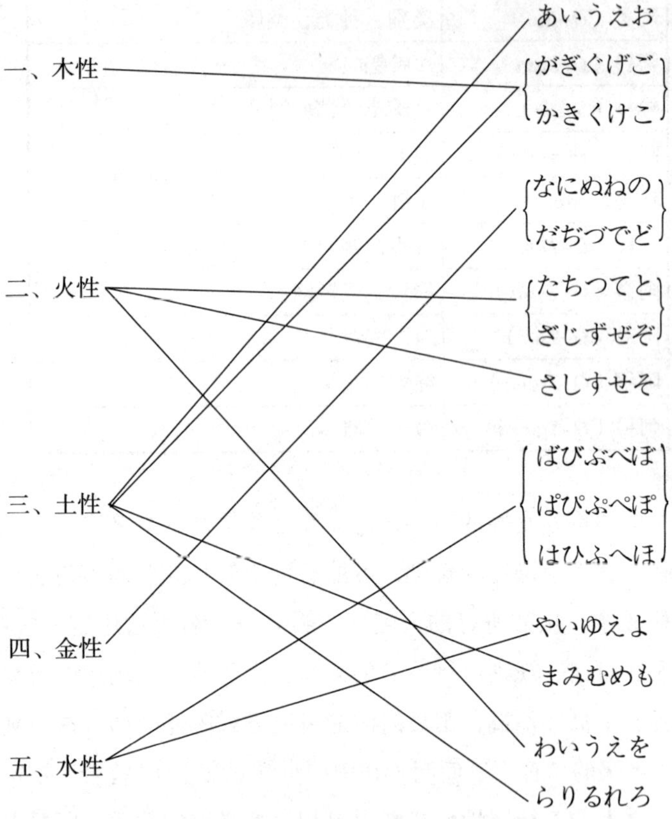

三

为了得到当代贵族名字的例子，我查阅了明治十九年至二十七年（1886—1895）出版的华族女校（贵族女子学校）的多份报告。除了贵族家的女儿之外，华族女校也招收其他学生，不过我为了本章的目的，只挑选了一百四十七名贵族家女儿的名字。

可以看出，在这些名字之中，使用三个或三个以上音节的名字是很罕见的，现在贵族的两个音节的女名发音和解释与普通女名的差别不大。可是书写成汉语时，贵族女名与其他女名的区别就很大，大多数贵族女名要用较为复杂和陌生的汉字来写。使用这些更复杂的汉字，是造成下列名单中将会发现相对大量同音词的主要原因：

华族女校淑女学生的名字

秋子（*Aki-ko*）	秋天
明子（*Aki-ko*）	头脑清晰
晨子（*Aki-ko*）	拂晓
朝子（*Asa-ko*）	晴朗的早晨
绫子（*Aya-ko*）	丝织锦缎
千春子（*Chiharu-ko*）	一千个春天
近子（*Chika-ko*）	接近，靠近
千鹤子（*Chitsuru-ko*）	一千只鹤
千代子（*Chiyo-ko*）	一千个世代

（续表）

鍈子（*Ei-ko*）	钟声
悦子（*Etsu-ko*）	愉快
藤子（*Fuji-ko*）	紫藤花
福子（*Fuku-ko*）	幸运
文子（*Fumi-ko*）	女子的信件
芙蓉子（*Fuyō -ko*）	莲花
冬子（*Fuyu-ko*）	冬天
花子（*Hana-ko*）	花
华子（*Hana-ko*）	鲜花盛开
治子（*Haru-ko*）	宁静
春子（*Haru-ko*）	春天，百花盛开的季节
遥子（*Haru-ko*）	或许是最高级意义上的“远离”
初子（*Hatsu-ko*）	第一个出生
秀子（*Hidé -ko*）	突出
英子（*Hidé -ko*）	胜过，优于
博子（*Hiro-ko*）	宽宏大量，字面意义是（仁慈意义上的）宽，大
广子（*Hiro-ko*）	广为流传，指家族的兴旺繁荣
久子（*Hisa-ko*）	长期持续
续子（*Hisa-ko*）	继续下去
星子（*Hoshi-ko*）	星星
育子（*Iku-ko*）	生活意义上的“迅速”
今子（*Ima-ko*）	现在
五百子（*Iho-ko*）	五百，可能是一个带有祝福意义的名字
丝子（*Ito-ko*）	缝纫线

（续表）

亀子（*Kamé-ko*）	陆龟
周子（*Kané-ko*）	流传，萦绕（？）①
钟子（*Kané-ko*）	钟，这个汉字指的是一口悬挂起来的大钟。
方子（*Kata-ko*）	状态？
一子（*Kazu-ko*）	第一
数子（*Kazu-ko*）	数字，一个大数目
和子（*Kazu-ko*）	服从
清子（*Kiyo-ko*）	纯粹
孝（*Kō*）②	孝道、孝顺
鸿子（*Kō-ko*）	鹳
琴（*Koto*）	琴
国子（*Kuni-ko*）	分国
邦（*Kuni*）	（最大意义上的）国家
京子（*Kyō-ko*）	首都
万千（*Machi*）	千万
诚（*Makoto*）	真心
确子 *Masa-ko*	值得信任、确信
正子（*Masa-ko*）	正直，挺直
增子（*Masu-ko*）	增长，增加
全子（*Mata-ko*）	完整，全部
松子（*Matsu-ko*）	松树
三千子（*Michi-ko*）	三千

① 这个名字很可能只是从父亲的名字中选一个字取的。除此之外，这个女孩儿的名字不包含任何可理解的意义。——作者注

② “子”（ko）这个后缀有时为了听起来悦耳的理由，有时又为了表现上佳品位的理由——对不熟悉日语的读者很难解释——哪怕在名字只有一个音节或者两个音节组成时，也会被省略掉。——作者注

（续表）

峰（*Miné*）	山峰
岭子（*Miné-ko*）	山岭、山脉
光子（*Mitsu-ko*）	光，容光焕发
美代子（*Miyo-ko*）	美好世代
元子（*Moto-ko*）	发源地，起源
长子（*Naga-ko*）	长，或许是指时间
永子（*Naga-ko*）	长寿
波子（*Nami-ko*）	波浪
直子（*Nao-ko*）	正确，正直
如子（*Nyo-ko*）①	佛宝
信子（*Nobu-ko*）	忠诚
充子（*Nobu-ko*）	丰盛，充足
延子（*Nobu-ko*）	延长
法子（*Nori-ko*）	规范，准则
缝（*Nui*）	刺绣，缝纫
冲（*Oki*）	离岸、近海，或许源自某地名②
贞子（*Sada-ko*）	贞节
定子（*Sada-ko*）	确信，确实
樱子（*Sakura-ko*）	樱花
荣（*Sakaë*）	繁荣昌盛
里子（*Sato-ko*）	家乡
识子（*Sato-ko*）	辨别力

① 这个名字借自神佛的宝物名字如意法杖，在神道教和佛教传说中都说明过这种法杖的形状。地藏菩萨像的一只手中往往举着这件宝物，据说如意法杖拥有能满足持有者任何愿望的法力。或许如意法杖与《大光明王经》第一回提到的佛宝是同一件东西。——作者注

② 一位名叫“冲”的日本海军军官对我说过，他家原先在冲之岛（近海的岛屿）定居。这个有趣的巧合让我认为上述女名的起源可能是一样的。——作者注

（续表）

硕子（*Seki–ko*）	庞大
节子（*Setsu–ko*）	贞节
茂子（*Shigé –ko*）	繁盛，发达
繁子（*Shigé –ko*）	（在丰富增长的意义上）旺盛的
成子（*Shigé –ko*）	生长
馥子（*Shigé –ko*）	芬芳
识子（*Shiki–ko*）	审慎，谨慎
岛子（*Shima–ko*）	岛
新子（*Shin–ko*）	新鲜，新
静子（*Shizu–ko*）	安静，平静
静江（*Shizuë*）	平静的江河
园子（*Sono–ko*）	花园
末子（*Suë–ko*）	最后，意思是最年轻的
祐子（*Suké –ko*）	帮助者
澄子（*Sumi–ko*）	清晰，一尘不染，精致
真子（*Sumi–ko*）	真实，纯真
澄江子（*Sumië –ko*）	清澈的江河
锡子（*Suzu–ko*）	锡
铃子（*Suzu–ko*）	小铃铛
铃音（*Suzunë*）	小铃铛的声音
高子（*Taka–ko*）	高，高耸，优越
孝子（*Taka–ko*）	孝道，孝顺
贵子（*Taka–ko*）	珍贵，宝贵
竹子（*Také –ko*）	竹子
泷子（*Taki–ko*）	瀑布
玉子（*Tama–ko*）	宝石，珠宝

（续表）

珠子（*Tama-ko*）	宝石，写作另一个汉字
为子（*Tamé-ko*）	为了某某
民子（*Tami-ko*）	民众，百姓
功子（*Tané-ko*）	成功
达子（*Tatsu-ko*）	获得
多鹤子（*Tatsuru-ko*）①	许多鹤
田鹤子（*Tatsuru-ko*）	白鹳
辉子（*Teru-ko*）	喜气洋洋，发光
铁子（*Tetsu-ko*）	钢铁
时子（*Toki-ko*）	时间
留子（*Tomé-ko*）	终止
富子（*Tomi-ko*）	富裕
智子（*Tomo-ko*）	智慧
知子（*Tomo-ko*）	知识
朋子（*Tomo-ko*）	友谊
敏子（*Toshi-ko*）	迅速理解
丰子（*Toyo-ko*）	成果丰富
恒子（*Tsuné-ko*）	持久不变，恒常
常子（*Tsuné-ko*）	普通，经常，平常
经子（*Tsuné-ko*）	普通，写作另一个汉字
节子（*Tsuné-ko*）	妻子忠诚意义上的“诚实”
鹤子（*Tsuru-ko*）	鹤
艳子（*Tsuya-ko*）	柔软光亮的，闪光的，有光泽的
卯女（*Umé*）	雌野兔

① 写成这样，但是可能仅仅念出两个音节。

（续表）

梅子（*Umé-ko*）	梅花
八千子（*Yachi-ko*）	八千
八十子（*Yaso-ko*）	八十
八十四子（*Yasoshi-ko*）	八十四
保子（*Yasu-ko*）	维护者，支持者
靖子（*Yasu-ko*）	尊敬的
宁子（*Yasu-ko*）	宁静的心灵
米子（*Yoné-ko*）	米
赖子（*Yori-ko*）	信赖
优子（*Yoshi-ko*）	杰出的，著名的
芳子（*Yoshi-ko*）	芬芳
良子（*Yoshi-ko*）	好，或者温和
好子（*Yoshi-ko*）	可爱的
淑子（*Yoshi-ko*）	淑女般的，优雅意义上的文静
喜子（*Yoshi-ko*）	快乐
庆子（*Yoshi-ko*）	祝贺，恭贺
吉子（*Yoshi-ko*）	欢喜
畅子（*Yoshi-ko*）	明亮清晰
幸子（*Yuki-ko*）	幸运
雪子（*Yuki-ko*）	雪
行子（*Yuku-ko*）	去，离去
丰（*Yutaka*）	充足，富裕，富足

四

在本篇第一章，我提到日本人为艺伎取极具诗意名字这一习俗，可能是纯美学意义上的女名不受欢迎的部分原因。为了纠正某些外国的误解，我现在冒昧地就艺伎的名字来说几句。

艺伎的名字，和其他各阶层的名字一样，虽然充满奇趣，本身往往也很美，但是由于被与人称体面的反面联系在一起，已经毫无希望地庸俗化了。严格说来，这些名字与本文研究的课题无关，因为它们不是真实的人名，只是职业称谓，不是普通女名（yobina），而是艺伎的艺名（geimyō）。

这种艺名的很大一部分能用附带的某些前缀或后缀来区分。例如，人们应当知道的：

（1）带表示年轻的前缀“若（Waka）”，如艺名若草、若鹤、若紫、若驹。

（2）带表示小的前缀“Ko”，如艺名小艳、小花、小樱。

（3）带前缀龙（飞腾的龙是特定的成功象征）的艺名，如玉龙、花龙、金龙。

（4）带表示服务、掌管的后缀“治”，如艺名歌治、缔治、胜治。

（5）带表示“帮助”的后缀“助”，如艺名玉助、驹助。

（6）带表示好运、幸运的后缀“吉”，如艺名歌吉、珠吉。

（7）带表示菊花的后缀“菊”，如艺名三菊、雏菊、小菊。

（8）带后缀鹤（长寿的象征），如艺名驹鹤、小鹤、丝鹤。

上述艺名可用作例证，但仍有其他艺名。根据惯例，艺名一般只写作两个汉字，有三个或四个音节。偶尔也会见到五个音节的艺名，只有两个音节的艺名很少见，至少在舞姬的名字中是罕见的。这些职业称谓很少具备道德意义，表示的都是与长寿、财富、欢乐、年轻或运气有关的事物，尤其是与运气有关的事物。

近年来，在东京的某些阶层的艺伎中，为真名加优雅的后缀“子”，甚至使用贵族女名成为一种时尚。1889 年，东京的一些报纸要求采取立法措施来制止这种做法。此事看来能证明公众对这个问题的看法。

日本古歌谣

今年元旦的上午，我在桌上发现了两份让我最愉快的礼物，是上我文学课的一位年轻诗人送的。一份是一匹用来做新和服的衣料——我的西方读者从未见过的衣料。衣料的棕色经线是棉纺线，而纬线是柔软的白色纸绳，上面带有不规则分布的黑色斑点。我仔细检查时，发现黑色斑点是汉字和日文字，原来纸纬线是用稿纸——诗歌的手稿纸制成的，这些纸已经被巧妙地搓成了结实的上等粗线圈，写过字的表面向外。白、黑、棕三色和谐统一形成的整体效果，是一种温暖的鼠灰色。在出云的许多家庭里，都有一种为家用制造的类似衣料，不过这匹衣料是我学生的母亲特地为我织的。这匹衣料会制成一领穿来极为舒适的冬季袍服，等到穿上它的时候，我将会真的穿上诗歌的外衣——正如神灵会穿上太阳制成的外衣那样。

另一份礼物同样是诗歌，不过这诗歌处于原先的状态：从不太熟悉的一些渠道收集的一本美妙的日本歌谣手稿集，特别有意思的是，几乎所有歌谣都用了迭句。这本歌集有数以百计的作品，旧歌新曲都有，包括一些十分少见的歌谣，还有许多舞曲，以及种类多样的情歌。无论在情感上还是在结构上，这些诗歌都不像我在之前的几本书中已经翻译过的那些范例的日本诗歌。这些诗歌的形式大多数都十分不规则，不过它们的不规则性也不乏奇异的独特魅力。

我在下文会提供这些诗歌作品的一些示例，部分是因为它们不常见的情感品质，部分是因为我认为能够从它们奇特的结构艺术之中学到一些东西。在我看来，从古代戏剧中选出的老歌尤其值得注意。这些老歌蕴含的思想或感情，以及它们所用的语言都极其简单；然而依靠原始的重复和暂停手法，已经取得了非凡的成果。在以下令我受到冲击的示例中，尤其值得注意的是乐节的划分方式，即从第一段第三行开始，用一种重音停顿，再在下一段重复和完毕。或许这种停顿会令西方读者想起一些使用双重迭句的英国民谣，或者如下这首法国歌曲的奇异句式：

在故乡父亲的花园里——	Au jardin de mon père——
我的心灵飞吧，飞吧！	Vole，mon coeur，vole！
有一棵甜美的苹果树，	Il y a un pommier doux，
真是无忧无虑！	Tout doux！

可是在日本歌曲中，断句的重复迭句产生的是一种缓慢的梦幻效果，与法国歌曲的效果不同，就像日本的舞蹈动作不同于任何西方轮舞的动作那样：

彼处飞翔之物（かのゆくは）

——或许是自公元 11 世纪流传下来的老歌

かのゆくは	彼处的飞翔之物，

雁かくぐひか	是大雁吗？是天鹅吗？
雁ならば	倘若那是大雁，
（迭句）はれやとうとう	哈来呀托托——！
はれやとうとう	哈来呀托托——！
雁ならば	倘若是大雁，
名告りぞせまし	我很快便会说出它的名字：
なほ くぐひなりや	若是野天鹅的话，那更好！
（迭句）とうとう——	托托——

上述形式的日语旧歌词相当多。这里有一首结构不同的歌，也选自旧戏剧，没有副歌，但有同样特殊的停顿短语，四重迭句的效果在情感上令人大有触动：

磯良が崎に	在那矶良海岬，
鯛つる海士も	竟有渔夫在捕鲷[①]，
鯛つる海士も	竟有渔夫在捕鲷，
吾妹子がためと	为了那心爱的女子，
鯛つる海士も	竟有渔夫在捕鲷，
鯛つる海士も	竟有渔夫在捕鲷！

① 红斑唇鱼，一种海鲷，通常被认为是日本鱼类中的最佳品种。——作者注

然而，下面的古代歌词用一则未完的短句进行非同寻常的迭句，使用双重停顿，甚至达到了更显著的效果。我能想象的唯有纯粹的自然而已，事实上这些简单话语的现实意义几乎具备悲怆的性质：

亲爱的郎（あげまき）

——旧抒情剧，创作日期未定

總角を	亲爱的郎[①]啊，
早稲田にやりてや	啊！他们送他去了稻田！
そを思うと	当我思念他时，
そを思うと	我思念时，
そを思うと	我思念时，
そを思うと	我思念时，
そを思うと	我思念时，
そを思うと	当我思念他时！
何もせずして	我根本什么都做不了，
春日すら	即便在这春日，
春日すら	即便这春日
春日すら	即便这春日，
春日すら	即便这春日，

① 原文为“总角”，日本旧俗与中国相仿，将男孩的头基本剃光，只在两腮太阳穴部位留下一簇或一绺头发。这种发绺被称为“总角”，后来被用来指代一个男孩或小伙儿。在这些歌词中，这个词是一个昵称（译者译为“郎”），就像一个英国少女会将她的情人称为“我亲爱的小伙子”或“我亲爱的男友”。——作者注

春日すら	即便在这春日!

以下两首歌词能看到其他的重句和迭句方式:

散开发丝(びんだたら)

——应当早在12世纪就已写成

びんだたらを	发丝散开了,
あゆがせばてこ	只是因为甩发,
あゆがせばてこ	只是因为摇头,
愛敬づいたれ	啊,她真可爱!
やれことうとう	呀来科托托!
やれことうとう	呀来科托托!

我深爱的天人(樣は天人)

——可能是16世纪的歌词

樣は天人	我深爱的是一位天人![1]
それそれ	嗦咧嗦咧!
とんとろり	嗵托啰哩!
乙女のすがた	少女的身影,
雲の通ひ路	在白云过处,

① 字面意义上"天人"即佛教天堂的一位居民。天人往往会被描绘成美丽的少女。——作者注

ちらと見た	我一眼就看见！
とんとろり	嗵托啰哩！

接下来我选取的是一首具体年份未定的情歌的选段，这是镰仓时期（1186—1332）的作品。这个片段主要因暗喻佛理以及非常正规的诗节形式而著称：

まことやら	不知真假，
鹿島の湊に	在鹿岛的港口，
弥勒の御船が	弥勒佛[①]的法船
着いてござり申す	已靠岸！
よの	哟喏！
さよえ よえ	萨哟哎，哟哎！
さよえ よえ	萨哟哎，哟哎！
帆ばしらは	说到那桅杆，
黄金の帆柱	那是金桅杆，
帆には法華経の	船帆啊，
五のまん巻物	是法华经[②]的第五宝卷。
さよえ よえ	萨哟哎，哟哎！
さよえ よえ	萨哟哎，哟哎！

① 弥勒佛又称弥勒菩萨，在佛教是仅次于如来佛的第二大佛祖。——作者注

② 汉文版《妙法莲华经》的通称。许多古老佛经都被写在长卷轴上，被称为“卷物”（Makimono），印在绢丝或纸质长卷上的画也被如此称呼。——作者注

除此之外，也带有很有意思的奇异副歌的，是另一首名叫《亲爱的郎》的歌曲，属于一类奇异的，名叫“催马乐”的抒情戏剧之一。这首歌曲可能会因为有些“自由”被人挑错，不过我认为它并不比我们非常受人尊敬的、基本上是同一时代产生的伊丽莎白时代的歌曲更容易被人抵制。

亲爱的郎（あげまき）

——可能作于16世纪

あげまきや	哦！我亲爱的情郎！
とんとん[①]	嗵嗵！
尋ばかりや	虽说只有一寻[②]之隔，
とんとん	嗵嗵！
離りて寝たれども	各自独眠，
まろび逢ひにけり	我们却可翻滚来到一处！
とんとん	嗵嗵！
か寄り逢ひにけり	我们缓缓靠近，来到一处，
とんとん	嗵嗵！

我们的下一组歌曲选集由“地方歌谣”组成，辑录之人以此为目，选的是特定郡国独有的歌谣。这些歌谣都是老歌，虽然不及前文引用的那几首歌谣更老。它们的有趣之处主要在情感上。不过大家会发现，其中几首拥有奇异的迭句副歌。这类歌谣都是

① 原文应为とらとら。——译者注

② 日本的一寻，约相当于一英寻，即六英尺，是用于测量宽度和深度的长度单位。——作者注

在跳乡村舞蹈——盆舞和丰年舞时唱的。

情　歌

——越后国

花か 蝶々か	是花吗？是蝶吗？
蝶々か花か	是蝶还是花？
どんどん	咚咚！
来てはちらちら迷はせる	你来到这里这样一闪而过， 我就被迷住了！
来てはちらちら迷はせる	你来到这里这样一瞬而过， 我就为你痴迷了！
たいちょかぬ	呔乔咔呐！
そらかぬ どんどん	嗦呜咔呐！　咚咚！

情　歌

——纪伊国，小川村

声はすれども	我听见爱人的声音，
姿は見えぬ	却看不见爱人的身影，
さまは深野のきりぎりす	长草之间有一只蚱蜢[①]。

① きりぎりす是一种鸣叫声乐感非常强的蚱蜢。即便这种蚱蜢就在附近歌唱，要看见它都很难，因为它的颜色正是草绿色的。这首歌暗示了在田间劳作时歌唱的幸福的农民风俗。——作者注

情　歌

——陆奥国，津轻郡

わしの心と	我的心，
沖来る舟は	与一艘即将启航的船，
らくに見せても	看似都在悠闲而动，
苦が絶えぬ	其实都苦不堪言。

情　歌

——周防国，井关村

涙こぼして	眼泪流下，
辛苦を語る	她向我诉说辛劳之苦，
かあいらしさが	她的娇美之姿，
ましまする	看上去却更胜一筹！

情　歌

——骏河国，御殿场村

花やよく聞け	花儿啊，且听我说！
性あるならば	若你当真有灵，
人がふさぐに	在一人如我这样悲伤之时，
なぜひらく	你为何会盛放？

东京老歌（古い東京の歌）

いやなお方の	爱的粗暴，
しんせつよりも	总比那，
好いたお方の	不喜的友善，
無理がよい	好上一些。

情　歌

——石见国

かあいらしさや	——啊，亲爱的！
螢の主は	萤火虫的光，
忍ふ縄手に	为悄悄走过田间小路来相会的我，
灯をともす	照亮了方向。

喜剧歌曲（おどけ歌）

——信浓国

あの山かげで	那山间的阴影下，
光るはなんぢや	闪闪发光的是什么？
月か星か螢の主か	月亮、星星，还是萤火之类？
月でもないが	不是月亮，
星でもないが	也不是星星，
姑のお婆の目が光る	那是老妇人的眼睛，
	是我那岳母的眼睛在发光。

（合唱）目が光る　（副歌合唱）眼睛在发光！

回归之舞[1]（かへり踊）

——赞岐国

おれが姑のたけちなや　哦！我的岳母真刁钻！
（合唱）たけちなや　（副歌合唱）哦！刁钻！

流るる水にも絵をかけと　竟然对我说要在流水上画画！
流るる水に絵をかかば　要是我真能在流水上画画，
あなたはそら夜の星ぞ讀め　你就能数清夜空里的星星了！
（合唱）星ぞ讀め　（合唱）数清夜空里的星星！

お庭踊はいざ踊らう　来吧！让我们一起跳一曲那庭院之舞！
ちやんちやん　锵锵！
ちやちや　恰恰！
よいともせ　共醉一场，
よいともせ　共醉一场！

誰ぞやお裏に竹伐るは　谁砍倒了屋后的竹子？
（合唱）竹伐るは　（副歌合唱）谁砍倒了竹子？

① 我不能肯定这首歌谣标题的真正意义，按照字面意义应该是“转身起舞”或“回归之舞”。——作者注

おれが殿御のうゑ竹を	我亲爱的主人自己的竹子，第一棵是他种的，
うゑ竹を	第一棵是他种的?
お庭踊はいざ踊らう	来吧！让我们一起跳一曲那庭院之舞！
ちやんちやん	锵锵！
ちやちや	恰恰！
よいともせ	共醉一场，
よいともせ	共醉一场！
おれが姑のたけちなや	哦！我的岳母真刁钻！
たけちなや	哦！刁钻！
岩を袴にたち縫へと	竟对我说要用石头裁缝一条裤①子！
岩を袴にたち縫へば	要是我真能用石头裁缝一条裤子，
あなだは小砂を絲によれ	你就能学会用细沙纺成线，
絲によれ	用细沙纺线。
お庭踊はいざ踊らう	来吧！让我们一起跳一曲那庭院之舞！

① 裤是一种介于裙和裤之间的特殊形状的下装，以前主要是男人穿着的，今日的女学生也会穿着。——作者注

ちやんちやん	锵锵！
ちやちや	恰恰！
よいともせ	共醉一场，
よいともせ	共醉一场！
	锵锵！

寺院之舞（お寺踊）

——伊贺国，上野町

お寺へまゐりて御門を見れば	参拜尊贵的寺院，我看见那山门，
御門は白かぬ 扉はこかぬ	见那山门是银铸，镶板是金造。
御門はけだかいお寺かいな	尊贵寺院的山门真是宝贵，
お寺かいな	尊贵的寺院！
お寺へまゐりて御庭を見れば	参拜尊贵的寺院，我看见那庭院，
せりせり小松は四方に栄え	见到那幼松，在四方繁茂生长，
一の小枝へ四十雀が巣をかけた	就在一棵幼松的第一根小树枝上，
	四十雀[1]在筑巢，
巣をかけた	四十雀在筑巢。
お寺へまゐりて泉水見れば	参拜尊贵的寺院，我看见那水塘，
色々の小花を集めてござる	见到寺中的小花，一齐盛开，
めんめにその色咲きわける	五颜六色非常显眼，

① 即一种大山雀，据说它在园子里筑巢的话，只要鸟巢不被骚扰，幼雏得到保护，就能给园子的主人带来好运。——作者注

咲きわける	非常显眼。
お寺へまゐりて書院を見れば	参拜尊贵的寺院，我看见那书房，
いろいろの小鳥を集めてござる	见到多种小鸟，一齐聚集在那里，
めんめにその音をいだしける	每一只小鸟，都唱着自己独有的歌谣，
いだしける	独有的歌谣。

お寺へまゐりて客殿見れば	参拜尊贵的寺院，我看见那客房，
かかへの屏風にゆゑんをすゑて	在那里见到僧人，一旁有盏灯笼，
御経あそばすありがたや	就在曲屏后念经，啊，真是令人敬仰！
ありがたや	真是令人敬仰！

许多种流行歌曲，尤其是在乡村舞蹈时演唱的那类歌曲，都是根据记忆计划来创作的。一歌节通常有十个音节，每节的第一个音节的发音，应当与歌节的序数字的第一个音节相同。有时会使用汉字数字，有时用日本假名数字。不过这一规则并非一直彻底遵循。在下一例中，我们会看到第一节的前两个音节“一”（ichi）是汉字数字，与日语词“一”（hitotsu）的前两个音节只是一种意义上的对应关系：

渔夫之歌（漁師の歌）

——下总国，铫子町[①]

一つとせ	一，
一番船へ積みこんで	第一艘船装满了鱼，
川口押しこむ大矢声	挤入河口，船上大喊："哦呀嗬哎！"[②]
この大漁船	这大有收获的渔船！[③]
二つとせ	二，
二葉の沖から外川まで	从二叶外海直到外川[④]，
續いておしこむ大矢声	船儿跟上，一齐高喊："哦呀嗬哎！"
この大漁船	这大有收获的渔船！
三つとせ	三，
みな一同に招をあげ	三艘船聚齐，我们挂起信号旗，
通はせ船の賑かさ	看那驳船来得多快！
この大漁船	这大有收获的渔船！

① 铫子町即今铫子市，是一座较为重要的城市，位于利根川河口。铫子市以鰯渔业闻名。鰯是一种沙丁鱼大小的鱼，人们捕捞这种鱼主要是为了榨取鱼油。在铫子外海，人们捕捞了大量的鰯。这些鱼被煮沸取油，干燥的残渣被送往内陆用作肥料。——作者注

② 船上的水手们齐声呼喊或吟唱，将所有人聚集到一起的号子就是"哦呀嗬哎"。——作者注

③ 原文直译为："大渔船"或"大捕鱼船"。这句唱词形容的对象是捕鱼，而不是船。这句齐唱副歌的真正意思是"这艘最成功的捕鱼船。"——作者注

④ 或许这个词指的是距离利根川河口的铫子町不远的外川河口的一个村庄。这两条河由一条运河贯通。但是这首歌谣的文本让人无法确定这个词到底指河流还是村庄。——作者注

四つとせ	四，
夜書焚いて焚きあまる	日日夜夜煮沸水，还有太多沸水要烧，
三ばい一挺の大鰯	三艘船上的鰯一起堆成山！这
この大漁船	大有收获的渔船！
五つとせ	五，
いつ来てみても干鰯場に	无论你何时看那鱼干肥场[①]，
あき間すき間はさらにない	你都找不到任何空间，甚至找不到一条缝。
この大漁船	这大有收获的渔船！
六つとせ	六，
六つから六つまで粕割が	早晚六点之间要打扫清洗，
大割小割で手に追はれ	大块小块要弄清的实在是多。
この大漁船	这大有收获的渔船！
七つとせ	七，
名高き利根川一面に	名川利根川的河流上下，
粕や油を積み送る	都是我们送出的鱼油和鱼肥。
この大漁船	这大有收获的渔船！

① 字面意义上就是“堆放鱼干肥的地方”。“鱼干肥”就是准备用作肥料的鱼干。——作者注

八つとせ	八，
八手舟の沖合若衆が	所有年轻小伙，欢喜万分，
萬祝揃へて宮まゐり	拖着八手舟[①]，参拜神社。
この大漁船	这大有收获的渔船！
九つとせ	九，
此浦守る川口の	神力护佑这整片海岸，
明神利益を現はする	河口之神让我们看到了他的恩惠。
この大漁船	这大有收获的渔船！

一首至少一百年前创作的儿歌，为这种有助记忆的作词方式提供了一个更奇怪的例子。江户的小女孩以前边玩球边唱这首歌。今日在东京几乎所有的安静街道上，你都能看到女孩子们在玩相同的球类游戏。小女孩的手根据一首儿歌的节拍熟练地拍打着球，球以近乎垂直的直线不断跳跃，一个优秀的拍球人应当可以唱完整首歌不错过一次拍打。如果她失手了，就必须把球交给另一个拍球人。[②]有许多动听的“拍球歌”，不过以下这首旧式的被遗忘已久的歌曲寓意奇特：

一つとや	一，

① 此处的“八手舟”是指在宗教活动期间，用绳子拖运的装饰过的小花车。文中的八手舟看来或是指一艘上面安装花车的小船模型，或者是一艘在宗教活动中在上面安装花车的真船。在美保关的一次宗教活动中，我见过上面安装吉庆花车的真船。——作者注

② 这是一种较为普遍的游戏方式，但是还存在许多其他方式。有时两个小女孩一起拍同一个球——在球弹起的时候轮流去拍。——作者注

人は孝なを人といふ 恩を知らねば孝ならじ	一个人有孝心才能被称为人，① 人要是不懂双亲的好处，这个人就没有孝心。
二つとや 富士より高き父の恩 常に思うて忘れまじ	二， 比富士山更高的是父恩， 永远铭记，勿相忘。
三つとや 水うみかえつて浅しとは 母の恩ぞや思ふべし	三， （与母爱比）大湖其实真的很浅！ 母恩应当（像这样）来计算。
四つとや よしや貧しく暮すとも 直ぐなる道を曲ぐるまじ	四， 即便贫苦我们也要过日子， 牢记永不脱离正道。
五つとや いづも心の変らぬを 誠の人と思ふべし	五， 人的心永不随时光而变， 真男儿真女子必当如此。
六つとや 空しく月日を暮しなば 後の歎きと知りぬべし	六， 如果（现在）虚度光阴， 将来就定会徒伤悲。

① 字面意思是“一个有孝心的人被称为人。”“人”（hito）经常被用来指代男人或女人，通常带有“人”或“人类”的意思。这句话的完整意思是不孝顺的人不配被称为人类。——作者注

七つとや	七，
情は人の為ならで	善行不只是为别人而做，
わが身の為と思ふべし	也是为了自己的福报，此事都要铭记在心头。
八つとや	八，
厄難無量の禍も	哪怕伤心不幸数不胜数，
心善ならのがるべし	如果心灵纯洁，我们就容易解脱。
九つとや	九，
心ことばの直ならば	如果正直真诚留在心语中，
神や佛も守るべし	神佛定会好生保佑我们。
十つとや	十，
貴い人となるらば	为了成为一个可敬之人，
孝行者といはるべし	孝子必须（首先）为人所知。

读者可能会自言自语："即便是一首拍球歌，要求反复进行道德课程的训练都非常严格呀！"是的，不过这样的道德训练造就的可能是这世界上最甜美可爱的女人。

在一些伴舞歌曲之中，迭句完全是重复最后一行，或者最后一行的一部分造成的。以下的一首古怪民谣就是这种唱法的例证，而且由于在某些朗诵调段落中引入了奇怪的拟声词合唱副歌，就更为不同寻常。

卷钟舞之歌（鐘巻踊り歌）

——伊贺国，名贺郡

京山伏は熊野へ参る	京都的山伏去熊野参拜。
白たか濱か長者屋へ腰かけて	他在白高的海滩旁长者屋客栈里歇脚，
三つになる姬抱きそめて	看见一个小女孩三岁大，对她爱抚又拥抱，
妻にしよというて戲れられた	戏言许诺会娶她为妻。
（合唱）戲れられた	（副歌合唱）：戏言许诺
それから山伏や諸國をめぐる	后来山伏游历诸国，
その姬か十三という年また參りきて	到女孩十三岁才回来。
姬よ姬よ約束の姬よ	“哦，我的公主，我的公主！”他对她大叫，“承诺许给我的小公主！”“哦，山伏大人。”
連れておいきやれお山伏	她答道，“好心的山伏大人，现在就带我走吧！”
（合唱）お山伏	“现在带我走吧！”
いままたまゐる、また參る	“哦，很快。”他说道，“我就会再来。

こんど下向にや連れていこ	不久我就会再来， 等我再来的时候， 我会带你一起走。”
（合唱）連れていこ	（副歌合唱）：“带你一起走。”
それから山伏逃げらわて 早よ早よ急げば早よ 田邊みなぶをはや打越して 小松原まで逃げられた （合唱）逃げられた カッカラ　カッカラ　カッカラ カッカ	于是山伏从她身边逃走， 赶紧赶紧溜之大吉，飞快逃走。 越过南边的田边， 他一路逃过那小松沼泽。 逃过那小松沼泽。 咔喀喇，咔喀喇，咔喀喇， 咔喀！①
それから姫か追ひかけて 早よ早よ急げば早よ 田邊みなぶをはや打ち越して 小松原まで追ひかけたさ （合唱）追ひかけたさ	随后那少女去追赶， 急急忙忙跟上他，全速追赶他。 越过南边的田边， 她一路追他越过小松沼泽。 （副歌合唱）：越过小松沼泽。
それから山伏逃げられて あもだの川まで逃げられて あもだの川の船頭を頼む 後から姫が追ひかけ来るに	然后山伏一路逃， 等他逃到阿申田河边， 对着阿申田河的船夫大声喊： “啊，好船夫，好船夫先生，我

① 这些音节组成了一种特殊的副歌合唱形式，只是拟声而已，旨在表示穿着凉鞋的脚以最快速度奔跑的声音。

	身后有个女仆在追我!
渡して給るな船頭殿や	求你别渡她过河，好船夫。”
（合唱）船頭デボク殿や	（副歌合唱）：“好船夫先生！”
デボク デボク デボク デンデン	嘚啵库，嘚啵库，嘚啵库，登登！[1]
それから姫が追ひかけて	随后那少女一路追
あもだの川まで追ひかけて	追到阿申田河边，
あの船出しやれ この船出しやれ	对那船夫喊话道：“把船靠过来！渡我过河！”
あの船出さぬ この船出さぬ	“不，我不会把船靠过去。我不会渡你过河。
女人禁じの船でそろ	我的船不准载女人！”
船でそろ	“不准载女人！”
渡さにや渡る 渡さにや渡る	“你不渡我过河我也能渡，你不渡我过河我也能渡！
あもだの川にや渡りよがござる	有个办法可以越过阿申田河！”
はいたる草履を手に持ちて	她脱下草鞋，高高举起来，然后下了水，
はいろと思たら蛇になりて	立即变成一条龙蛇，
十二の角がはえそろた	头上长满十二只角。
（合唱）はえそろた	（副歌合唱）：长满十二只角。

① 所有舞者齐声唱出这些拟声词，摆出适当的姿势，来表现摆渡船夫在船上划桨的声音。这音节本身没有意义。——作者注

それから山伏や逃げらわて	然后那山伏，逃到道成寺，
道成寺でらまで逃げらわて	对道成寺的僧人哭喊道：
道成寺でらの同職衆頼む	“啊，好心的僧人，
後から姫が追ひかけてくるに	我身后有个姑娘追来了！
隠してたもれよどじゆくしゆ	我求求你们，好心的大和尚，将我藏起来！”
（合唱）どじゆくしゆ	（副歌合唱）：“好心的大和尚！”
それから同職衆が御相談なさる	和尚们商议之后，
釣鐘下ろしてかくされた	就将他在钟下藏。
（合唱）かくされた	（副歌合唱）：将他在钟下藏。
それから姫が追ひかけて	随后龙女追来了，
道成寺でらまで追ひかけて	跟着山伏来到道成寺。
御門のけあげにしばらく立ちて	她在山门前站了片刻，看见那口钟，
庭なる鐘を不思議と思て	她怀疑地看着它，心里暗想：
一巻まてよ 二巻まてよ	“我一定要亲自将钟卷一回。” “我一定要亲自将钟卷两回！”
三巻と巻いたら湯になりたさ	在她第三次绕钟卷时，这口钟熔化了，像沸水般沸腾。
（合唱）湯になりたさ	（副歌合唱）：像沸水般沸腾。
鐘巻寺の縁起をきけば	卷钟寺的故事到此结束。

日本の浦にや姫多いけれど	许多姑娘住在日本海边
長者が姫が蛇になりたてさ	可是她们有谁像那长者家的女儿，会化成龙蛇?
（合唱）蛇になりたてさ	（副歌合唱）：化成龙蛇?
鐘巻踊はこれまでさ	卷钟舞之歌就到此结束！就到此结束！
（合唱）これまでさ	（副歌合唱）：到此结束！[1]

我在下文只会给出一首真正的街头歌谣，这是流浪的三味线[2]艺人传唱的一种歌谣。这首歌谣以不规则的方式写成，每行的长度从十二到十六个音节不等，以十三个音节组成一行居多。我并不知道这首歌谣的创作年代，不过记得这首歌的老人对我说，他们还是孩子的时候就听过，那么这首歌谣在天保年间（1830—1843）就已流传开了。这首歌谣不能划分歌节，可是会根据不规

① 这个传说成了几部日本古代和现代戏剧的题材。原版故事是，一个法号安参的佛僧，鲁莽地激起了一个名叫清姬的少女的情感，由于他在佛前立誓，无法娶清姬为妻，便设法逃跑，想在她的进逼下脱身。清姬的一片深情受挫，打击之下，化身为一条火龙蛇。她就以龙蛇的外形一路将安参追到熊野（现在的纪州）的道成寺。安参设法在寺院的大钟下藏身。可是那条龙蛇就绕着钟卷了一圈，钟立即就烧红了，以至于安参的尸首都烧化了。

在这首俚俗的民谣中，清姬被描绘成一家客栈——宿屋的老板的女儿，或者是村子里某个富人的女儿，而安参被改编成了一位山伏。山伏是（或者最起码是）一个名叫“修验道”的奇怪宗派的游方修行者——游方驱魔人和占卜师，同时信奉神道教和佛教。近年来，日本法律已经禁止山伏活动，于是现在很少能遇上真正的山伏。

道成寺仍是一处佛教名胜。寺院位于纪州西海岸，距离御坊不远。据说安参和龙蛇的故事发生在公元 10 世纪初期。——作者注

② 一种日本传统的弦乐器，主要由琴杆、方形音箱和三根弦组成，演奏者用拨子弹奏。——译者注

则的间隔停顿，以迭句“Yanrei”来标记。

阿吉和清三的小曲（お吉清三くどき）

今度サアエ、哀れな心中ばなし	现在来听听两人殉情的凄惨故事。
國は京都にその名も高き	在京都有间与右卫门纺线铺，
絲屋與右衛門有德な暮し	店主与右卫门是远近闻名的商人，十分富有。
店も賑か 暮らしも繁昌	他的生意兴隆，生活幸福。
一人娘にお吉といらて	他有个独生女儿，名叫阿吉，
年は十六 今咲く花よ	芳龄十六，娇美如花。
見世の番頭に清三というて	他店里还有个掌柜，名叫清三，
年は二十二で男の盛り	风华正茂，年方二十二。
ヤンレイ	眼泪！
器量よければお吉か見染め	青年清三相貌英俊，阿吉对他一见钟情。
通ふ通ふが度重なれば	两人时常相伴，私情变得众人皆知，
親の耳へもそろそろはいり	事情传到阿吉双亲的耳中。
これを聞いては儘にはならぬ	双亲听闻此事，觉得不成体统，不能继续下去。
ヤンレイ	眼泪！
そこでお吉を一間へ呼んで	母亲终于将阿吉叫进一间僻静

	的房间，对她说道：
店の清三と譯あるそうな	“女儿啊，我听说你和店里的青年清三有了私情。
思い切る氣か切らぬかお吉	阿吉，你愿意立即结束这段孽缘，不再去想那个男人吗？女儿，回答我。”
ヤンレイ	眼泪！
これさ母さん何言はさんす	“母亲啊。”阿吉答道，“你要我做什么呀？
わしと清三とその仲々は	我与清三两情相悦，
墨と紙とのしみたが仲よ	就好比墨水入纸难舍难分。[①]
何が何で離れはしない	母亲啊，无论发生什么事，都不会比与清三分离让我更难受。”
ヤンレイ	眼泪！
奥の一間へ清三を呼んで	后来，父亲将清三叫进最靠里面的一间房间，
そちを呼ぶのは別儀ぢやないが	对他说道：“我叫你到这里来，只是要告诉你一事：
内の娘のよいきをはらし	你让我家女儿的心思偏离了正道，
それを聞いては置かれはしない	即便听到这种私情都令人不能

① 字面直译是“亲密无间，就好像墨水入纸一样亲密。”——作者注

	忍受。
仕舞うて行かんせ今日かぎり	立即收拾好你的东西，走吧！今天是你在这家店里的最后一天。”
ヤンレイ	眼泪！
じたい清三は大阪生れ	清三是个大阪人。
物も言はずにただハイハイと	他除了“是——是——”什么都没说，
家へ歸りて四五日たつて	听命离开，回到家乡之后四五天，
お吉思うて病氣となりて	他对阿吉相思难断，终于病倒。
是非も叶はぬ相果てました	相思之苦无药可医，他生无可恋，撒手归西。
ヤンレイ	眼泪！
お吉とろとろ眠りしとこへ	后来有一天晚上，阿吉入睡之时，
夢か現か 清三が姿	看见清三的脸就靠在枕边。
枕元へと顯はれました	这张脸如此清晰，她不知究竟是真的，还是在梦中。
そこでお吉はふと目をさまし	她站起身来，环顾四周，
見れば清三が姿は見えず	清三的身影却已消失。
ヤンレイ	眼泪！
さらばそれから清三が方へ	因为梦见清三，阿吉决定立即赶去清三家。
親の手許を忍んで行きやる	她没有让任何人发觉，就悄悄

	溜出了家门。
ヤンレイ	眼泪!
在へサアエ、はいれば船場がござる	她来到邻村的渡口，
船にや乘らんで陸路を行きやる	没有乘船，而是绕另一条路走，
急ぐ程なく大阪町よ	急急忙忙赶去大阪。
清三やかたは何處かと聞けば	她到了大阪，打听清三家，
橋のもとより三軒目でござる	得知就在某条街上，从某座桥数起的第三座房子。
ヤンレイ	眼泪!
清三やかにの前にとなれば	她终于来到清三家，
笠を片手に腰をばかがめ	脱下行路的草帽，就坐在门口，
御免なされと腰打ちかけて	大呼道:“打扰了!
清三やかには此處かと聞けば	请问这是清三先生家吗？”
ヤンレイ	眼泪!
物の哀れや清三が母は	然后，唉，真是可怜! 她看见清三的母亲出门，
數珠を片手にただ泣きながら	伤心落泪，手持一串念珠。
若い女中はどこからござる	“啊，好心的小姐，”清三的母亲问道，“您这是从哪里来，想要见谁呢？”
ヤンレイ	眼泪!

わたしや京都の絲屋の娘	阿吉答道:“我是京都纺线商人的女儿。
清三さんには譯あるゆゑに 遠いところを尋ねてきたよ どうぞ清三さんに逢はせておくれ	因为和清三先生彼此钟情已久, 我一路跋涉来到这里。 我求求您,发发善心让我见他。”
ヤンレイ	眼泪!
そちが尋ね清三は果てて	“哎呀!”老母亲答道,流泪不止,“你大老远跑来要见的清三已经死了。
今日は清三が七日でござる	从他死的那天算起,今天已是第七天了。”
聞いてお吉はただ泣くばかり	……听见这番话,阿吉也只能一同落泪。
ヤンレイ	眼泪!
さらばこれから墓所へ参り 立てた塔婆にすがりて泣けば	片刻之后,她就去了墓地。 她看见清三墓前矗立的卒塔婆[1],一头靠在上面,放声痛哭。
ヤンレイ	眼泪!

① 在坟墓前竖立的塔形木牌(或石牌),上面写有佛教经文。卒塔婆的完整描述,请见我的《异国与回顾》一书中的“死亡文学”一篇。——作者注

人の思ひは恐ろしものよ	而后，一个人的渴求是何等可畏[①]，
清三墓所は二つに割れて	清三的坟墓裂开了，
そこへ清三が顯はれいでて	他的身形就从里面站起来说话。
ヤンレイ	眼泪！
そこへ来たのはお吉ぢやないか	“啊！来到这里的不是阿吉吗？
遠いところをよく来てくれた	大老远为我而来实在太善良了！
お吉泣くなよ 泣いたるとても	我的阿吉，不要为此哭泣。即便你哭泣，
どうでこの世で添はれはすまい	我们也不能在这世上相聚。
わしを思はば香花立てて	不过既然你真的爱我，我请你在我墓前放些香花，
来る命日に回向を頼む	每年在我的忌日为我做一场法事。”
ヤンレイ	眼泪！
と言うて清三が姿は消える	说完这些话，清三的身影就消失了。
これさ待たしやれ これ待たさ	“啊，等等，等等我！”阿吉

① 原文是：“一个人的想念是多么可怕的东西！”这里的“想念”一词是“渴求”的意思，指的是清三至死都想见到爱人的愿力。即便在他被埋葬后，这种渴求都拥有力量破坟而出。

在古老的英国民谣《威廉和玛乔丽》中，也提到人们对坟墓开合的非凡幻想：

她跟随他到高处，她跟随他到低处，
直到她来到那绿色的教堂墓地；
在那里，深深的坟墓打开了，
年轻的威廉躺了下来。——作者注

んせ	大喊道，“就等一小会儿！[①]
そなたばかりは一人はやらぬ	我不能让你独自而返！
わしも一緒に行かねばならぬ	片刻后我就随你而去！”
寺の大門四五丁離れ	随后她匆匆走出寺庙山门，赶到四五丁[②]远的护城壕边，
小石拾うて袂へ入れて	用小石头将两只袖子塞满，
前のお濠へ身を捨てまする	将她孤零零的身躯投入了深水。
ヤンレイ	眼泪！

现在，我将引用两首佛教歌谣来结束这次进入并不熟悉的歌谣领域的短暂之旅。第一首选自名作《源平盛衰记》，可能是在十二世纪下半叶或十三世纪初所作。这首歌谣是用被称为“今样”的格式写成的，亦即用七音节和五音节交替的短句（7，5；7，5……以此类推）写成。另一首富于哲理的作品选自歌集《隆达节》，是十六世纪的作品：

① 这个片段可以与英国民谣《甜蜜的威廉的鬼魂》的近似段落比较：
“哦，留下，我唯一的真爱，留下来！”
老玛格丽特大喊道。
她的两颊越发苍白，闭上了眼睛，
她伸直了柔软的四肢，就此死去。——作者注

② 作长度单位的丁，相当于 1/15 日里。——作者注

一

（今样调）

様も心も 變るかな	形与神　瞧！这些变化多大！
落つる涙は 瀧の水	眼泪落下　如同瀑布的流水。
妙法蓮華の 池となり	就让泪水成为　妙法莲华的池子！
弘誓の船に 棹さして	在池中撑起　普度众生之舟，
沈むわが身を 乘せたまへ	赐我沉下的身躯　能载舟远行！

二

（文禄年间，1592—1596）

たれかふたたび花咲かん	谁能两次度过青春？什么花又已凋谢？
ただ夢の間の	像露珠般易逝　惋惜不得的身形，
露の身に	只有在梦的瞬间 才能看见。

幻想录

……当他滑翔时，每次都是徒劳，
他在大地的怀中睡醒之前，
时间之河已经留下
大地的寓言与梦想，
或者当他闭上眼睛的时候
将会到来。

——［英］马修·阿诺德

夜光藻

月亮尚未升起，广袤的夜空却已布满繁星，格外明亮的银河将群星连成一体。没有一丝风，目力所及的远方海面，却在火光的涟漪中流动，真是一种地狱般的美丽景象。只有那些涟漪在发光（涟漪之间是完全的漆黑一片），亮度真是惊人。大部分波浪就像烛火一样是黄色的，但也有深红色的灯笼般的光亮，还有蔚蓝色、橙色和碧色的光。那一切的蜿蜒闪烁，看似并非许多水流的搏动，而是许多意志——一种稍纵即逝的意识和怪物——一个就好像在厄瑞玻斯[①]的某个深处的龙形生命一样，扭动翻滚、来回移动的庞然大物在挣扎。

确实是生命正在制造那诡异辉煌的壮观景象，可是那生命是无限渺小的，是最具鬼魅性质的柔软生命，是不可估量却短暂的生命，在那直达天际线的整片水域上不断交替闪光和熄灭，在天际之外，更广阔的深渊里，无数的光点正在与其他幽灵般的色彩一起跃动。

---

① 西方传说中阴阳两界之间的黑暗界。——译者注

我眼看着奇景，心生好奇，浮想联翩。我想起了在那夜与海的闪烁巨影中现身的终极幽灵——在我的上方，在与已消散的过往可怕融合的发光体系、与生命的蒸汽再度成形的发光体系中复苏——也在我的下方，在更阴寒的火焰形成的流星喷涌、星座和星云之中变得活跃——直到我发现自己在怀疑恒星在不间断分解的熔化中度过的百万年岁月，是否真的会代表比一个逝去的夜光藻的瞬息光芒更多的意义。

即使怀有疑问，景象都改变了。我看到的不再是带着战栗火焰的古老的东方之海，而是那道洪流，它的宽度、深度和高度都与永恒之夜——那无边无际也没有时间的生死之海成为一体。一亿个太阳形成的光雾——银河系的弧形轨迹，是无限涌动潮流中的一个燃烧的涌浪。

然而改变再度发生。我看到的不再是太阳的蒸汽涌浪，而是在我周围流淌着的，那带着无限闪烁的活生生的黑暗；每一个闪烁都像一颗心那样在搏动——搏动的色彩就像是海上之火般的淡彩。所有的灯火，就像颤抖的无数光线，一直在流走，汇入无尽的神秘……

然后我明白自己也是一个荧光点——无法计量的一道光流中的一个短暂的漂浮闪光——我看到我自己的光芒随着每次思绪的变化而变换颜色。有时是红宝石般的光芒；有时是蓝宝石般的光芒；现在是黄玉般的火光；然后，又是绿宝石的火光。我无法完全理解这些变化的意义。不过对尘世生活的思考似乎会让光燃烧成红色；而对超自然存在——对灵之美丽和灵之极乐的思考，似乎点燃了无法形容的天青色和紫罗兰色的光谱。

可是在白光之中，所有的彩光都不可见。我惊叹不已。

然后有个声音对我说："白色是各种高度凝聚成的。数以十亿计的高度混合成了白色。你的职责是帮助这些高度点燃。你的颜色在燃烧的时候，你的价值也在燃烧。你变活跃的时间只有那么一刻，然而你搏动的光辉依然活着——在那闪光的时刻，你的思想让你成为众神的缔造者。"

群体之谜

谁不曾在某个时刻倚着一座桥的栏杆观察桥下水流的起伏波纹，对表面形状永不改变，实质上在连续的两个时刻里从来都不一样的永久波动感到惊奇呢？这种奇观的神秘之处令人着迷，值得思考。我们自身存在之谜的象征物，就是那些流动的形状。在我们自己的体内，身体的本质也同样随着无止歇的体液流动而不断变化，不过各种器官的形状，虽然一直在被多种相互对立的力量搅动，多年以来仍然未变。

又有谁不曾被一些大都市街道上往来穿梭的人流景象吸引过呢？这人流也有顺流、逆流和漩涡——三者都根据城市辛劳之海的潮起潮落增强或减弱。不过对我们而言，更壮观景象的吸引力其实不是运动的神秘感，而是人类的神秘感。身为外部观察者，我们主要对走过的身形和面孔感兴趣——为他们的各种个性暗示，令人共情或厌恶的表示感兴趣。我们不久就不再思考整体流向了。因为我们的视线可以看到人流中的个体原子：我们看到他们在行走，认为他们的运动完全可以根据自己的行走经验解释。尽管如此，可见个体的运动还是比一直都不可见的水分子的运动更为神秘。我们没有忘记一个事实，所有运动的形式最终都是无法理解的：我正在讲述的只是我们对运动的共同相对认识，这应当取决于意志，甚至比我们对水流的原子运动的相关可能知识了解得还要少。

住在大城市里的每一个人，都知道调节人群在较为拥挤的大街上流动的一些运动规律。（就本文的目标而言，我们无须让自己关心流动江河中复杂的中间水流，以及它们流动时发出的雷霆般的轰鸣声，我接下去要说的只是侧流而已。）在左右两边的人行道上，人们自然地将自己分成一条向上和一条向下的人流。所有去往一个方向的人都走在右边；所有朝另一方向的人都在左边。随着这两条人流中的任何一条运动，你都能走得很快；但是你不能逆流而行：只有醉汉或疯子才可能试着这样做。在两股行动的人流之间，由于压力的原因，一个人不断地左右自行交互移动——这样的让步和转弯，在一幅表现两股人流的绘图中，可以用上升和下降的曲折内侧线来表示。这种持续的让步本身就让前进成为可能：没有让步，方向相反的两条人流将很快因侧向压力陷入停顿。在两条人流相交的地方，比如在街角处，这种系统性的自行移位尤其值得研究。每个人都观察到这一现象，但是很少有人对此思考。任何真正思考过这个问题的人，都会发现其中有一个谜，一个任何个人经验都无法完全解释的谜。

在一个大都市的任何拥挤的街道上，成千上万的人不断向左转或向右转，以便从彼此身边走过。每当两个人在这样的压力下面对面相向而行时，三件事中的一件就很可能发生：要么相互让步；要么一人为另一人腾出空间；要么两人都努力相互适应，同时向一个方向迈步，再因为想要纠正错误而重复了这种错误，从而一直以彼此的方式像来回踩着舞步一样无法前进，直到第一个察觉到这种荒谬状况的人站住不动，或者更易怒的那个人采取实际行动，将对面的那个人推到一旁。不过这些错误相对来说并不常见，通常人们都迅速而正确地完成了必要的让步。

当然，必须有一些基本规律来规范所有的这些自行位移——有些规律与在阻力最小的方向运动的普遍规律相符。你只要在任何拥挤的街道上观察半小时就能确信这一点。不过规律并不容易找到或制定，这一现象中存在各种困惑。

如果你仔细研究人群的运动，就会发觉，那些一个人为另一个人让路的情况，比起双方彼此让步的情况要少见得多。不过略为深思一下，你就会明白，即便在相互让步的那些情况下，一个人也必须比另一个人更早地让步——尽管（让步）冲动表现的时间上的差异应当是完全不可察觉的，就像经常出现的那样。因为两个人生理上和心理上的特征不可能完全相同。任何两个人都不可能拥有完全相同的感知能力和意志，也不可能拥有在精神和身体活动中表现自身经历的完全相同的各种素质。因此在每一个明显相互让步的例子中，让步其实必然是相继出现的，而不是同步的。现在尽管我们在这里摆出所谓的“个性方程式”证明了在每一例相互让步中，一个人必然比另一个人更早让步，可是它根本无法解释并非相互让步情况下的个体冲动的秘密——无法解释为何你会在某个时候觉得你将会使你对面的人让出位置，在另一个时候又觉得你必须自己让出位置。是什么引起了这些感受呢？

一位朋友曾尝试用一种巧妙的理论来回答这个问题，即街头人群中的每两个人面对面来一场眼神对决；不过我相信，他的理论在一千个这类情形中，只能解释其中大约六个事例的心理事实而已。更大数量的人在密集的人群中匆匆擦肩而过，很少观察面部，只有冷漠的懒汉才有时间干这件事。沿着街道路过的成千上万的人，其实眼睛都盯着人行道。当然，会通过对相貌的快速观察引导自己的人，不会是一个行色匆匆的人——他往往沉浸在自己的思绪里……我反复研究过自己的个案。在人群中，我很少会观察人脸，不过就算没有任何有意识的观察，我也一直能分辨什么时候该让路，或什么时候对面的人会让我不用这么麻烦。我的认识当然是直觉性的——一种纯粹的感性认识。我不知道该用什么和这种认识比较，除了那种看不见时的能力，即在一片漆黑之中，人不用触摸，就可以意识到正在接近巨大物体的能力。我的直觉几乎是绝对准确的。如果我对服从直觉犹豫不决的话，两人相撞就是必然的结果。

此外，我发现每当我开始思考自己的动作时，无论是自觉或者半自觉，用理性的行动代替本能行动，我总是会犯错。只有当我同时在思考其他事情的时候——只有当我几乎无意识地行动时，我才能轻松地在一大群人之间穿行。其实，我的个人经历让我相信，引导一个人快速安全地通过密集人群的根本不是有意识的观察，而是非理性的直觉。现在的任何一种直觉行为都体现了继承下来的认识——前世生活的经验，在这样的情况下，前世生活的经验是无法估量的。

完全无法估量……我为何会这样认为呢？好吧，仅仅是因为这种在群体之中用直觉引导自我方向的能力，是人类与非常低级的动物共有的——进化论证明，这必定是一种要比人类古老得多的能力。一群牛、一群鹿、一群羊，难道不是让我们看到了同样的相互让步的现象吗？或是一群鸟——尤其是群居的鸟，乌鸦、麻雀、野鸽？或是一群鱼？甚至在昆虫——蜜蜂、蚂蚁和白蚁之间，我们都能研究同样的直觉性自动移位规律。在上述所有这些情况之中，让步必然代表一种古老到难以想象的传承下来的经验。如果我们能努力追溯这一传承的全过程，这一尝试可能会引导我们不仅回到这个星球上诞生有感情生命的最初阶段，而且还能更进一步，回到无情感物质的历史时期，甚至回到那些多种神秘倾向存储在各种元素原子之中的原始进化阶段。我对这类原子所知的仅仅是有复合抗性的小点——由无法理解的力量编织而成的小点。即使是这些原子的各种倾向，无疑也表现了传承的积累，但是在这里，思想撞到无限之谜的永恒屏障后受阻。

哥特式恐怖

一

早在我达到基督教义所说的理性年纪之前，我就经常被人带去教堂，这颇不合我的意愿。那座教堂十分古老，此刻，我能将它的内部一览无余，就像四十年前见到它一样，当年它在我看来就像一个噩梦。在那里，我首次了解哥特式建筑的某些造型能够激发出特殊的恐怖意识……我正在经典意义上使用“恐怖”这个词，它的古老意义是害怕幽灵。

去这座老教堂的第一天，我儿时的幻想就接上了恐怖的源泉。狭长带尖顶的窗户形状立即将我吓坏了。我看着窗户的轮廓，发现了在睡梦中折磨我的幽灵的样子——我立即开始想象妖精和哥特式教堂之间有着某种可怕的密切联系。不久，在高大的门廊、过道的拱门、屋顶的棱纹和拱棱之中，我发现了其他更为猛烈的恐惧暗示。就连教堂的外立面，那高耸进入楼座上方阴影的样子，在我看来都是一种可怕的东西……如果当时我突然不得不回答这个问题：“你害怕什么？”

我会小声回答：“那些尖顶！”

我无法用其他话语来解释这件事，我只知道我害怕“尖顶”。

当然，在我继续相信有妖精存在的时候，我在那座教堂的真实困惑感受无法在我的脑海里呈现。不过在经历迷信恐惧的年纪很久之后，其他哥特式的经历，以十分惊人的方式唤醒了我孩提时代的情感，让我相信孩子气的幻想无法解释这种感受。然后我的好奇心被激起，尝试找出这种恐怖感觉的一些合理原因。我看了许多书，也问过许多问题，但是这个神秘之谜看来只是被加深了。

建筑题材的书非常令人失望。我从这些书获得的印象远不如纯虚构作品中提到的哥特式艺术的可怕之处深刻——尤其是有一位作家承认，在夜间看到哥特式教堂的内部结构，让他有置身于某种怪兽骨架之中的想法；他将大教堂的窗户比作眼睛的说法远近闻名，还将教堂大门比作一张“吃人”的大嘴巴。这些想象几乎解释不了什么，还只是处于模糊的暗示阶段；然而它们激起了如此强烈的情感反应，让我确信它们触及了一些真相。当然，哥特式大教堂的建筑结构与骨架的结构有着奇怪的相似之处，它给人造成的基本印象就是有生命的印象。可是我发现这种生命的印象或感觉是无法确定的，不是一种对任何有机生命的感觉，而是一种潜在的魔性生命的感觉。我觉得那种生命的显现迹象就是建筑结构的尖顶。

在我看来，用高度、阴暗和广阔空间的各种效果来解释这种情感的种种尝试是毫无价值的；那些比任何哥特式大教堂都更高、更大也更阴暗，但结构体系完全不同的建筑，例如埃及式建筑，就不会造成类似印象。我确信，这种恐怖是哥特式建筑特有的某种东西造成的，而且这种东西一直都萦绕在拱门的顶部。

“是的，哥特式建筑令人害怕。”一位宗教界的朋友说道，“因为它是基督教信仰的可见表达。没有其他宗教建筑象征精神上的渴望，只有哥特式建筑体现了这一点。每个部分都如同在攀登和跳跃；每一处最高的细节都像火焰一样飞扬，还有尖顶……”

“你说的这番话可能很有道理，”我答道，“可是这与困扰我的谜无关。为何象征精神渴望的形状会造成恐怖？为何陶醉于基督教的表现会激起不安……”

我用其他多种假设测试过，还是没有结果，于是我又回到一个简单而原始的信念，即恐怖的秘密不知何故就属于那些拱形的尖顶。可是多年以来，我都无法揭开谜底。最终，在热带地区的某个清晨，当我看到一片美丽的棕榈树林时，谜底出乎意料地出现了。

然后我对自己从前没能猜中谜底的愚蠢感到惊讶。

二

我已经从图画和照片上熟悉了棕榈树的多种特征。可是美洲热带地区的巨大棕榈树用现代构图方法是无法充分表现的：必须看到它们才行。你无法画出或拍摄出一棵两百英尺高的棕榈树。

在热带森林的自然环境之中，第一眼看到这样一组生物，是一个巨大的惊喜，一个让你哑口无言的惊喜。在温带地区看到的任何东西，即使是加利福尼亚山坡上长得更为茂盛的植物，也无法让你产生看到巨大柱廊的怪异庄严景象。每棵石灰色的树干都是一根完美的柱子，但是它令人惊叹的优雅，是人工制造的任何柱子都无法比拟的。你必须将头竭力后仰，从而让视线随着那高耸的巨柱向上、向上、再向上，越过暮间绿色的深渊，直到最后——远远越过那无数交织的枝节和藤蔓之中的裂缝，也就是森林的绿色顶棚——你就看到中央令人眩晕的景象：仿佛一把翡翠羽毛编成的阳伞在空中展开，如此刺眼，以至于让人以为看见了一片碧色的电光。

那么，这样一种景象激发的情感——一种强大得无法称之为惊讶，诡异得不能称之为愉悦的情感是什么呢？只有当它的第一次冲击波过去——在它包含的几种元素开始产生极其不同的多组念头时，你才能理解那一定是一种十分复杂的情感。许多属于个人经验的印象无疑在这种情感中重现，但同时也伴随着许多更为朦胧的感受——有机记忆的积累，甚至可能是比人类更加古老的模糊情感，因为激发这种感情的热带棕榈树的形状的历史比起我们人类还要久远。

这种情感最先的几种元素之一，是在美学上变得清晰可辨；这种元素在整体上，可以被称为可怕的美丽感受。当然那种陌生生活的壮观景象——沉默、庞大、在无尽的渴望中向太阳跃起，与泰坦巨人搏斗寻找光明，还有人在阴影之下就像一只摸索着的甲虫一样不被注意——就像一首无比美妙的诗歌的韵律一样令人兴奋，一瞥即知，永生难忘。然而这种喜悦，即使在最为生动之时，也被一种奇异的不安阴影掠过。那巨大的、苍白的、光裸的、平滑伸展的巨柱的样子，暗示着一种像大蛇一样的有意识的生命。你凝视着那巨柱形状的高耸线条，隐隐害怕分辨出某种隐秘的运动迹象，某种波动的开始。然后视觉和理性结合起来去纠正心头的怀疑。是的，运动是存在的，生命是巨大的——不过那仅仅是追求太阳的生命——生命，就像一口间歇泉喷流那样，直奔那广阔的白昼。

三

在我本人的经历中，我能感受到在喜悦的波澜中混合的某些情感——与力量、辉煌和胜利的想法有关的感受，伴随着一种微弱的宗教敬畏感。或许我们的现代美学情感与各种传承下来的宗教情感主义因素如此繁多地交织在一起，以至于意识到美丽不能唤起独立的崇敬之情。尽管如此，当我凝望棕榈树时，这种感受已经清晰地显现出来——于是，巨大的灰色树干立即变成了一条宏大过道的柱子，从梦幻的高度，哥特式恐怖的旧时黑暗刺激突然又降临到我身上。

甚至这种恐怖感消失之前，我就意识到这一定是因为那些巨大的棕榈树干直升到幽暗树冠的景象，唤起了我对一些古老大教堂的记忆。但无论是高度还是幽暗，都无法解释记忆之外的东西。像那些棕榈树般高大的柱子，如果支撑起的是一道经典式样的柱楣的话，不能唤起任何类似哥特式恐怖的不安感觉。我确信这一点，因为我能够毫不费力地立即在心中塑造出这么一个大教堂的立面形象。可是现在，这种心理画面扭曲了。我看见那门楣弯角在每一处与门柱相交的地方都在向上弯曲，指向一系列巨大的拱顶；一种阴沉的悸动再度降临到我身上。与此同时，我脑海里突然闪出了那个神秘之谜的答案。我明白哥特式恐怖是对一种可怕的运动的恐怖，看来它属于拱门的尖顶，因为这种恐怖运动的想法，主要是由拱顶曲线所触及的特殊角度暗示的。

对任何见过哥特式拱顶曲线的人而言，这种曲线与植物生长的某些曲线有着惊人的相似之处——棕榈树枝的曲线或许尤其会令人想起这种曲线。不过需要注意的是，建筑样式的形象要比任何植物类比物更加生动。两棵棕榈树冠交汇，确实会形成一种哥特式的拱顶，然而如此之短的拱顶产生的效果微不足道。要让大自然重现真正的哥特式拱顶的奇特印象，就有必要让触及树冠的树枝在弯曲的长度和延伸的强度上大大超过植物世界现存的任何种类。哥特式拱顶的效果完全取决于力量的表现。两条短生长线相交形成的拱顶只能暗示微弱的生长力量，而高耸的中央拱顶似乎表达了一种大大超过自然生长力的新月形力量。哥特式建筑的恐怖之处不在于仅仅表现了一种成长的生命，而在于表现了一种超自然的巨大力量。

当然，一个孩子被哥特式造型的奇异之处压迫，还不能分析自己获得的这种印象，他莫名的害怕。他不能领悟尖顶和弧线在他看来可怕，是因为它们对真实的植物生长规律的极力夸张表现。他害怕这些形状是因为他们看来仿佛是活的，然而他不知道该如何表达这种恐惧。他没有怀疑原因，只是觉得这种无声的力量的表现，处处指向上方，还向上方突刺，是不自然的。就他惊愕的想象而言，这座建筑物就像睡梦中的幻影一般伸展开来，怀着吓唬人的意图让其本身变得高上加高。尽管这建筑物是人建造的，可是它却不再是一堆死石头：它具有某种能思考和威胁的东西——它已成为一种阴暗的恶毒，一种变化多端的妖精，一种怪兽般的神物！

悬　空

透过上层的一扇窗户，我向一条由黄房子组成的街道看去，这是一条殖民地风格的街道，老式、狭窄，瓦屋顶上方能看到棕榈树的树冠。街上没有阴影，没有太阳，只有一道灰色的柔光，就像早早的朦胧暮色。

突然间，我发现自己从窗口掉了下去，我的心顿时因恐惧剧跳了一下。不过窗户到人行道的距离比我想象中要远得多——如此之远，尽管我害怕，却开始觉得奇怪。我仍然在不断落下，落下——但是可怕的撞击还是没有到来。然后害怕停止了，一种奇异的快乐取而代之，因为我发现我不是急速坠落，而只是悬空下降。此外，我是脚向下悬空的——一定是在下降的时候转过来的。最后我碰到了街石——但是非常非常轻，只有一只脚碰到，就在触及街石的那一刻，我立即又向上而去——升到屋檐的高度。人们都停下脚步盯着我看。我感受到具有超人力量的狂喜——当时我觉得自己是神。

然后我开始轻飘飘地下沉，看着在我下方聚集的面孔，我突然决定要从凝视着我的这些人的头顶飞过街道。我再度像泡泡一样上升，然后以同样的能量，沿着一条大弧线飘过令我吃惊的一段距离。我没有感觉到风，除了运动的狂喜之外，什么都没感觉到。我再度触及人行道，又腾空而起跃出一千码。然后，我来到街道尽头，转过身来，几个超远腾跃——升到令人惊讶的高度缓缓从空中长距离跃回原地。街上一片死寂；许多人在看着，却没有一人说话。我不知他们怎样看待我的壮举，也不知他们知道此事十分容易做到会说什么。我完全靠这么一个时机懂得该怎样做到悬空腾跃，此事看来是壮举的唯一原因是从来没有其他人尝试过。我本能地觉得，对导致我发现个中奥妙的事故说任何话都是轻率鲁莽的。此时，我开始领悟街上奇怪寂静的真正含义。我对自己说：

“这种沉默是梦的沉默——我非常清楚这是一场梦。我记得以前也做过同样的梦。但是发现这种力量不是梦，而是启示！现在既然我已经学会如何飞行，我就再也不会忘记，就像一个游泳者忘不了如何游泳一样。明天早晨，我要在城里的屋顶上飞行，让人们大吃一惊。”

早晨到了，我一觉醒来，下定决心要飞出窗外。可是我刚从床上起身，物理关系的知识就回来了，就像一种被遗忘的感觉那样，迫使我认识到一个不愉快的事实，那就是我根本没有发现任何超能力。

这不是我第一次，也不是最后一次梦到自己会飞，但这次的梦特别生动，因此我选择将这个梦记下来，当作这类梦的一个很好例子。我仍然偶尔飞行，有时飞过田野和溪流，有时飞越熟悉的街道；梦境一贯伴随着过去类似梦幻的记忆，以及我真的发现了一个奥秘，真正获得了一种新能力的信念。我对自己说：“无论如何，这一次，我不可能弄错；我知道自己醒来后是能飞的。以前许多次，在其他梦里，我学会了这种奥秘，只是在醒来后忘了；可是这次我绝对相信我不会再忘记。”这种信念一直伴随着我，直到我从床上起来，随着身体的运动顿时让我想起万有引力的可怕现实的时候。

这种梦中体验最奇怪的部分是悬空的感觉。那种感觉非常像漂浮，好似在温水中沉浮的感觉，而且没有真正在用力的感受。这是一种乐趣，然而通常会留下一些想要的东西。我是一个低空飞行者；我只能像翼龙或者飞鱼那样前进，而且速度要慢得多。此外，为了获得新的动力，我必须偶尔脚踏大地。我很少能升到超过二十五或三十英尺的高度；大部分时候，我只是从空中飞掠地表。仅仅每隔几百码触地是愉快的飞掠；可是我总是用一种隐约的空虚的方式感觉到在我下面的世界死气沉沉。

如今我找到的大多数梦想飞行者的梦中经历基本上和我本人一样。我遇上的自称有超能力的人只有一个，他说他飞越群山——就像鸢一样从一座山峰飞向另一座山峰。我询问过的其他所有人都承认，他们飞得很低——呈长抛物弧线，而且只有不时触地才能做到这一点。他们中的大多数人还对我说，他们的飞行通常是从想象中的坠落或绝望的跳跃开始的；至少有四个人说过，通常是从楼梯顶部开始的。

如此说来，千百年来，人类一直在夜间飞行。这种想象中的运动，与任何真实生活的经验都几乎没有共同之处，怎么会成为睡眠生活中的一种普遍经历呢？

可能是某些空中运动的记忆印象——例如跳跃或跃动的欢欣体验——在梦中重现时被放大和延长，以至产生了飞行的幻觉。

我们知道，大多数梦真实持续的时间都很短。可是在睡眠的半衰期（噩梦提供了一些令人惊诧的例外）——与活跃的大脑的快速灵光闪动和生动的刺激相比，几乎没有比意识的微弱郁积更短暂的了——时间对于做梦的大脑而言，似乎被放大了，或许是因为必须被相对放大到昆虫的微弱意识状态。假设有任何关于坠落感的记忆，连同随之而来的恐惧的记忆，都应当是在睡梦中被意外唤醒的，那这种感觉和情感在梦中的延长，如果不受自然冲击顺序限制的话，可能足以唤醒其他记忆，甚至在空中运动的愉快记忆。这些记忆，可能再度加速与其他关联记忆进行组合，能够提供长时间幻觉的所有事件和背景。

不过这一假说无法完整解释性质与任何清醒时候的经历都不同的感受和想法——没有任何努力的自愿运动的欢欣，为完全不可能的事情的欢乐，无法量化的幽灵般的喜悦。它也不能解释其他不以跳跃或坠落的感觉开始的，很少是令人愉快的其他梦中悬空经历。例如，有时会在噩梦中发生的，做梦的人被夺去所有的行动或说话的能力，实际上感觉自己的身体被提到空中，在内心恐惧力量的作用下悬空飘浮。再比如说，做梦的人没有肉体存在的那些梦。我就曾这样发现自己脱离了身体，成为一个看不见也听不到的幽灵，就在暮色中的山路上徘徊，想要发出小小的呻吟声来吓唬独行的人。这种感觉完全凭意识活动在空中移动：没有接触任何事物的表面；我也似乎一直都在高出路面一英尺的空中滑行。

梦中飞行的感觉是否能部分通过比人类更古老的生命的有机记忆来解释？就是那些体重较大、长着翅膀，仅在地面上方一点的地方笨重地飞行的生命？

或者我们是否可以假设，在其他时候休眠的，一些完全渗透在我们体内的超灵元素，就在我们睡眠生活的极少时刻，在大脑内苏醒了？有限的人类意识可以被美丽地比作可见的太阳光谱，而在这道光谱的上面和下面，也就是全部不可见的色谱在等待着高级感官进化；神秘主义者断言，更广阔精神的紫外线类或红外线类的某些元素可能会在梦中被瞬间瞥见。当然，我们每个人内部的生命宇宙就是所有时空形式存在的万物。或许你愿意相信，在睡眠中，它可能会激发一些比太阳更古老的事物的模糊记忆——已经消失的引力微弱的行星的记忆，在那里，正常的自愿运动模式就像是我们的飞行梦变成现实那样……

梦魇的触摸

一

相信鬼魂的人对鬼魂的畏惧是什么呢？

所有的畏惧都是经历的结果——个人或者种族的经历——现世或者被遗忘的前世生活的经历。即使对未知事物的恐惧也没有别的来源。对鬼魂的恐惧一定是过去的痛苦的产物。

或许对鬼魂的畏惧，与对鬼魂的信仰一样，都是从梦中开始的。

那是一种特定的畏惧。没有其他畏惧是如此强烈，也没有任何畏惧是如此模糊。如此巨大而朦胧的感情大多是超个体的——传承的感情——死者的经历在我们的内心制造的感情。

是什么经历呢？

我不记得曾看过任何一篇把畏惧鬼魂的原因讲得简单明了的文章。问问你认识的任意十个聪明人，他们都记得曾经怕过鬼魂，让他们告诉你害怕的确切原因——去定义畏惧背后的幻想，我怀疑是否有哪怕一个人能回答这个问题。民间传说的口头和书面文学对这个问题没有明确的解释。实际上，我们发现了各种各样的人被幽灵撕成碎片的传说，但是这种粗俗的想象不能解释鬼魂畏惧的特殊性质。这并不是一种对身体暴力的畏惧。这甚至都不是一种理性恐惧——不是一种能轻易解释自身的恐惧，如果它是建立在身体危险的各种明确概念上的话，就不是这种情况了。此外，尽管原始的鬼魂可能被想象成有撕裂和吞食人的力量，但是对鬼魂的普遍概念肯定是一种无形和无法计量的想法。①

如今我不揣冒昧，大胆指出，对鬼魂的普遍恐惧是害怕被鬼魂触碰，或者换句话来说，设想中的超自然现象之所以令人害怕，主要是因为对其设想中的触碰能力。记住，只是触碰！不是伤害也不是杀戮。

然而这种触碰恐惧本身是经历的结果，我认为，主要是个体遗传的产前经历，就像孩子对黑暗的恐惧那样。谁可曾会有被鬼魂触碰的感觉呢？答案很简单：每个在梦中被幽灵抓住的人。

原始畏惧——比人类更古老的各种畏惧的元素，无疑会进入孩子对黑暗的恐怖感。可是对鬼魂的更为具体的畏惧，很可能是梦境痛苦的遗传结果，即祖先的梦魇经历构成的。这样一来，对超自然接触的直觉恐怖感就能得到进化上的解释。

现在就让我讲述一些典型的经历来设法说明我的理论吧。

二

在大概五岁的时候，我被迫独自睡在某个偏僻的房间里，此

---

① 我可以在这里指出，许多古老的日本传说和民谣中，鬼魂被描绘成拥有将人的脑袋揪下来的力量。可是就鬼魂恐惧的起源而言，这样的故事解释不了任何事情，因为进化出恐惧的经历一定是真实的，而不是想象的。——作者注

后那里一直被称作“孩子的房间”（当时几乎没人叫我的名字，只叫我“孩子”）。那个房间很窄，但非常高，尽管有一扇高高的窗户，却十分阴暗。里面有一个永远点不着火的壁炉，孩子怀疑房间的烟囱里闹鬼了。

有条规定是晚上在孩子的房间里不应亮灯，这只是因为孩子害怕黑暗。他对黑暗的畏惧被认定是一种需要严肃治疗的精神障碍。可是治疗加重了这种失调障碍。以前，我习惯在一间灯光明亮的房间里睡觉，有个保姆照顾我。当我被迫一个人躺在黑暗中时，我觉得我会恐惧而死，而当时在我看来极端残忍的是，我其实被锁在我的房间里，那是这座房子里最阴暗的房间。一夜又一夜，当我被温暖地塞到床上时，灯就被拿走了，钥匙在锁上咔嗒一声，保护我的灯光随着监护人的脚步声退走了。然后恐惧的极度痛苦就会降临到我身上。在黑色的空气中，似乎有什么东西在聚集和生长（我想我甚至能听到它生长的声音），直到我不得不惊声尖叫。尖叫经常带来惩罚，可是也带回了光明，这比惩罚更加能安慰人。我的这点小算盘终于被察觉了，于是监护人吩咐，不再理会孩子的尖叫。

我为何这样近乎疯狂地害怕？部分是因为在我看来黑暗总是化为恐怖的人形。回想那个时候，我曾做过很可怕的梦，当我从梦中醒来时，我总是能看到梦中的人影，就潜伏在房间的阴影之中。它们很快会消失，不过有那么一些时刻，他们看来好像是有形的实体。他们也一直有相同的形象……有时，都没有任何梦的前奏，我曾在黄昏时分看到它们，从一个房间到另一个房间跟着我，或者在我身后伸出模糊的双手，一层又一层地向上穿过深深的楼梯的间隙。

我曾抱怨过这些闹鬼迹象，却只是被训斥，让我绝不能提起这些事，鬼根本不存在。我向家里的每个人都抱怨过，家里的每个人都对我说同样的话。可是有我的双眼为证！有人否认这一证据的话，我就只能用两种办法来解释：要么鬼害怕大人，只让我一个人看到他们，因为我又小又弱；不然就是全家为了某种可怕的原因，都一致同意不说真话。在我看来，后一种看法真实的可能性更高，因为我在有人看管的时候，已经好几次察觉有鬼现形；随之而来的神秘现形，让我受到的惊吓几乎不亚于那些幻象。为什么要禁止我谈起我在吱吱作响的楼梯上，在摇曳的窗帘后面看到甚至听到的东西呢？

“没有任何东西会伤害你。”这是对我不想在夜里一个人待着的所有恳求的无情回答。可是鬼魂确实伤害了我。只是——他们会等到我睡着之后，这样他们才会有力量——这样他们就拥有各种神秘的方法阻止我起身、移动或哭喊。

对把我单独和这些恐惧锁在一间小黑屋的做法发表意见是没用的。我在那个房间里被折磨了好几年，简直难以形容！于是，当我最后被送进一所儿童寄宿学校时，我感到相对快乐，在那里鬼魂很少会大胆让自己现形。

他们不像我认识的任何人。他们是身穿黑袍的影子形象，能够令人十分讨厌地自我扭曲，例如，能够长到天花板上，然后穿过天花板，再沿着对面的墙头朝下延伸。只有他们的脸是清晰可辨的，我尽量不去看他们的脸。我在梦中也试过——或者觉得我试过，用手指拉我的眼皮，将自己从睡梦中唤醒，不去看他们，可是眼皮仍然闭着，就好像被封住一样……许多年后，当我首次看到奥菲拉的《毒理学概论》时，那些可怕的图片，就以一个令人作呕的开始，让我回忆起童年的梦魇。但是要理解孩子的经历，你必须想象奥菲拉著作的图片是热情鲜活的，不断地拉长或者扭曲，就像一些可怕的变形怪物。

然而，仅仅看到那些梦魇般的面孔，并不是在孩子的房间里最糟糕的经历。梦总是以一种怀疑，或者说在空中的某种凝重的东西的感觉开始的，慢慢麻痹意志，缓缓麻木我的移动能力。就在这种时候，我常常发觉独自一人待在一座没有灯光的大房子里；几乎在我感到恐惧的同时，房间里的气氛会浓重起来，离天花板一半的地方，会带着黯淡的黄光，让各种物体模糊可见，虽然天花板本身仍一片漆黑。这不是一种真正的光，相反，它看起来仿佛黑色的空气正在从下面被改变颜色……就像是暴风雨前夜，日落的某些可怕方面会产生的险恶色彩的效果……

我马上就想逃跑（每走一步就有涉水般的感觉），有时也会成功地挣扎着穿过半个房间。可是在那里，我总是会发现自己陷入停顿，被某些无法制服的反制力量麻痹。我能听见隔壁房间欢快的声音，我能看见门梁上透光进来，但是我无法够到，我知道一声响亮的喊叫能拯救我。但即便我极其疯狂地努力，都不能发出比耳语更响的声音……这一切只是表明那无名的鬼魂正在到来，就在附近，就在爬楼梯。我能听见脚步声，就像闷鼓声那样隆隆作响，我纳闷为什么其他人就听不到。鬼魂要用很长很长的时间才会到来，每次可怕的脚步声过后，他都会不怀好意地停顿下来。然后，没有吱嘎声，那扇锁着的门就会打开，缓缓地、缓缓地，那东西就会进来，发出无声的鬼叫，伸出手来，抓住我，把我甩到黑暗的天花板上，再抓住我降下来，再将我抬起，再放下，再……在那时的感觉不是畏惧，畏惧本身在刚刚被抓住的时候就被点燃了。这是一种在活人的语言中没有命名的感觉。每次触碰都会带来一种比痛苦可怕无数倍的冲击——一种让我内心深处的秘密为之激荡的东西，一种令人憎恶的强烈情感，在完全陌生的多个感知区域发现难以想象的痛苦能力……通常只有一个鬼魂折磨我，可是我也能记得我被一群鬼魂抓住，然后从一个鬼魂手中掷到另一个手中，似乎一次有好几分钟。

三

对那些成形的鬼魂的幻想是从何处来的？我不知道。可能是从最初的婴儿期的一些畏惧的印象而来的；可能是因为我之外的其他生命的一些畏惧经历来的。这个谜永远无法解开。但是，触摸的冲击之谜认定了一个明确的假设。

首先，让我能指出这种感觉本身的经历不能因为“纯属想象”而摒弃。想象意味着大脑的活动，大脑的痛苦和快乐都与神经活动密不可分，它的生理重要性已经得到各种生理作用的充分证明。梦中的畏惧可能和其他畏惧一样致命，那么任何因此产生的有力情感都不能被理所当然地认为不值得研究。

将被考虑的问题中有一个显著的事实，就是在梦中被抓住的感觉与清醒时的日常生活中所熟悉的所有感觉截然不同。为何会有这种差异？如何解释这种悸动不同寻常的广度和深度呢？

我已经指出，做梦之人的畏惧很可能不是相关经历的反映，而是代表无法计量的祖先梦魇畏惧经历的总和。如果白天生活经历的总和是通过遗传传递的，那么睡眠生活经验的总和必然同样是遗传传递的。在通常的遗传过程中，这两种类型的传递可能还是有区别的。

如今，暂定这个假设成立，那么梦中被鬼魂捉住的感觉在梦意识的最早阶段就开始了——早在人类出现之前。第一批能思考和畏惧的生物一定经常梦见被天敌捉住。在这些原始梦境之中，不会有太多痛苦的画面。可是在后来的生命形式中，更加高级的神经发育会伴生对梦境痛苦更大的敏感性。再然后，随着理性能力的增长，对超自然现象的各种观念也会发生变化，强化了梦境畏惧的特征。此外，在整个进化过程中，遗传会累积这类感受的经验。在这些通过宗教信仰的反应而形成的影像化痛苦的形式下，某些留存的朦胧的野生原始恐惧将会一直存在，在这种情况下，就会再度形成古老动物的一种更加朦胧却也无比深邃的深层次恐怖记忆。在现代孩子的梦中，潜藏的这些所有恐惧，随着噩梦的来临和增长，可能会变得更活跃，一个底下还藏着另一个，深不可测。

任何特定梦魇的幻觉都在人的人脑中活动，人们可能怀疑，这些幻觉是否有比大脑更古老的历史。可是鬼魂触摸的冲击，似乎说明了某些与整个种族的阴暗被擒经历有关的梦中接触点。这可能是自我的深邃——任何阳光下的生活之光都未曾触及的深渊——在沉睡中被怪异地搅动，从黑暗中立即反映出一种记忆的颤动。这种自我的深渊即便几百万年都无法测量。

一本梦之书的选读

我常在夜深人静的时候，发现自己正在看一本书——一本宽大的书——一本梦之书。我在这里用“梦之书”这个词，指的不是一本以梦为题材的书，而是一本以梦为材质构成的书。

我不知道这本书的书名，也不知道作者的姓名。我无法看见标题页，书上也没有眉题。至于书的封底，就像月亮的背面一样，永远都看不见。

我从来都没有碰过这本书，甚至都没有翻过一页。有个一直看不见的人，在黑暗中在我面前将书举起，打开。我能看到这本书，是因为它被不知从何处来的一道光照亮了。书的上下和每一侧之外都是一片漆黑，但书页看来还保留着一开始照亮它们的黄色灯光。

一个奇怪的事实是，我从来都不能一次看全一页的全部文字，虽然我能清楚地看见全部页面。当我凝视的时候，文字从纸页的表面升起，或者看起来升起，几乎就在我看过之后立即消失无踪。依靠简单的意志努力，我能将那些消失的句子记在这一页上；不过它们不是以相同的形式回到纸面上的，似乎在间隔期间被奇怪地修改了。我永远都不能使得消失的文字像我一开始看到时那样精确地自行重现，哪怕只有一行。可是我总能迫使某些东西回归，而在阅读过程中，这些东西仍然是明显不同的。然后，它就变成了淡灰色，看上去像是通过浓稠的牛奶向后沉到了视线之外。

当我醒来之后，我会立即将我能记住的在梦之书中看到的任何内容，规范地仔细用笔记下来，去年我发现自己能够重制部分梦之书的文字内容。不过我现在记录下来的这些片段的顺序，根本就不是我回忆起它们的顺序。如果它们看起来有任何关联，那只是因为，我试图将它们根据我想象的合理顺序来编排。它们原先的位置和关系，我几乎一无所知。况且，即便这本书本身的特征，我也只能发现其中很大一部分是由对话组成的，关于那些不可思议的事物。

片段一

……当时浪花祈祷它永远能是一朵浪花。

大海回答道：

“不，你必须被打破：我不会休息。你会从升起再到被打破，然后从打破到再度升起，数以十亿计往复循环。”

波浪抱怨道：

“我害怕。你说我会再度升起，可是什么时候有一朵浪花从被打破的地方回来呢？”

大海回应道：

“你已被打破无数次，无法用语言来形容，然而你仍然是你！

看哪，在你前面奔腾的无数浪花，在你后面追赶的无数浪花！所有浪花都去了一个打破次数无法说清的地方，它们现在又急匆匆赶去再度被打破。它们化入我的体内，却又喷涌出来。可是它们必须成为过去，因为我永不停息。”

浪花喃喃应道：

“难道我现在不会被分散，混进这无数所有浪花中去吗？我怎样才会再度升起？不，我再也不能变成原来的样子。”

大海回答道：“在你奔涌的任何两个时刻，你都不会是原来的你。永恒的变化是你存在的规律。你的‘我’是什么？你总是被遗忘的那些浪花，那些越过我的海岸沙滩上的无数浪花塑造成形的。在你的多重形状之中你是什么？幽灵，无常！”

“痛苦是真实的，”浪花啜泣道，“还有恐惧和希望，还有光明的喜悦。如果我不是真实的，这些感觉从哪里来，又是什么呢？”

“你没有什么痛苦，”大海答道，“也没有恐惧，没有希望和喜悦。除了成为我之外，你什么都不是。我是你的自我，你的‘我’：你的形是我的梦；你的动是我的意愿；你的破碎是我的痛苦。你必须被打破，因为我没有平静，不过你被打破只是为了再升起，因为死亡是生命的韵律。瞧！我也是因死才会生的——我的这些水已经过去了，还会再度过去，带着无数尘世的残骸去无数的太阳那里燃烧。我也有许多难言之处——数百万海洋的死潮在我的涨落中复起。你只要知道，只是因为你是你自己，因为你会再度成为你自己就够了。”

浪花低语道：“我不能懂。”

大海答道：“你的角色就是波动和过去，永远不用去懂。我也是，即使是我——大海，也不懂……”

片段二

“……小石子和大石头都有感觉，风会呼吸和说话，地上的河流和海洋都被锁进心室里。在每一个宇宙粒子都最大可能地经历其最高级的生命体验之前，轮回不能停止。”

“但是行星的核心呢？那也有感觉和思想吗？”

“非常肯定的是，即便所有的肉体都曾是太阳之火，在不断的聚合和分解过程中，万物之间的关系发生了无数次的变化，所处的位置也变化过无数次。古老卫星的核心将会成为未来世界的表面……”

片段三

“……没有任何遗憾是无用的。是悲伤在纺线，那比月光更柔和，比芬芳更淡雅，比死亡更强烈的线，将伟大记忆的欢乐之链编织起来……

“千百万年之后，你们会再度相会，时间看来不会太长，千百万年和一刻对死者而言都是一样的。彼时，你将不会是现时的自我，她也不完全是过去的样子，你们中的一个会变少些，而另一个会变得相当多。那么，对你必然会有的渴望而言，身体本身只不过是一种你用它向她或许是他（因为到那时性别已经改变了无数次了）跳跃的障碍。两个人都不会记得什么，但是每个人内心都会满怀一种无法计量的感觉，那就是以前曾见过面……”

片段四

“……相爱的人错得如此厉害——那只是昨天的盲目想象——这个嘲弄者嘲弄世界之灵的过往的神性。然后，在那颗心中，那埋葬在被遗忘的坟墓中的无数悲伤——从时光开始的时候，在爱与恨的耐心较量过程中的所有旧的痛苦，复苏了。

“众神知道，那些居住在太空之外的朦胧之影，编织着各种奥秘的形状和名字。因为它们坐在生命之根上，痛苦又奔回它们身上，然后它们觉得出问题了——就像蜘蛛在它编织的网颤动时，感觉到一根蛛丝断了一样……”

片段五

“一见钟情是死者的选择。可是他们中的大多数都比伦理道德体系更加古老，他们大多数人的决定很少是道义的。他们因美而选择，根据他们对身体优越性的记忆；因为身体健康奠定了精神和道德力量的基础，他们不会去选择疾病的。尽管如此，他们有时还是被奇怪地欺骗了。众所周知，他们想要的是那些永远不会帮助灵魂附体的生物——空虚的妖精……”

片段六

“……微生物让自我不害怕死亡的消解。他们害怕死亡只是因为要轮回，重新与其他生命中的奇怪和可恨的部分融合：他们害怕被囚禁在另一个身体里，在那个身体里，爱的部分与恨的部分结合在一起……”

片段七

“……在另一段时间里，那妖女独自坐在荒废之处，形单影只。可是如今，在城市的阴影中，她将自己的乳房献给年轻人；她引诱的人，很快就会发疯，变得就像她本人一样，成了一具躯壳。因为在他诞生的过程中，进入他体内的较高层次的灵魂，在那妖精的触摸下死去了——就像死在茧中的蛹那样死去，留下的只有一个躯壳和灰尘……”

片段八

……那个人对他体内残留的一群灵魂说道：“我厌倦了生命。”

残留的灵魂回答他道：“我们也厌倦了住在这种糟糕居所里的羞耻和痛苦。我们一直在和那会折断的横梁、裂开的柱子，还有那塌落在我们身上的屋顶抗争。”

“我肯定受了诅咒。”那人呻吟道，“众神都不公平！”

然后灵魂们都轻蔑地大笑起来，仿佛风中的树叶那样一齐咯咯嘲笑。他们又回答他道：

“你真是个傻瓜！有谁能拯救你自己制造的那具糟糕的身体？除了你自己的行为或思想之外，谁能塑造这副身体，或者让它变成畸形？”

那人答道：“我无法记起任何行为或思想值得降临到我身上。”

“记起！”灵魂们大笑道，“不，其他人的生命中也有这种愚行。可是我们记住了，而且现在也记得，我们真讨厌那些行为和思想。”

“你们与我都同为一体！”那人哭喊道，“为何你们会讨厌我？”

“与你同为一体，”灵魂们嘲笑道，“就像一个人穿着他的衣服那样！我们怎会讨厌你？就像火焰会吞噬取火者用来引火的木柴那样，我们便因此讨厌你。”

“这是个可恨的世界。”那人叫道，“你们为何不指引我？”

灵魂们回答他道：

“你都不会听从比我们更聪明的灵魂指引……懦夫和弱者诅咒这个世界。强者不会责怪世界，世界给了他们想要的一切。他们靠力量去打破、获取和保存。对他们来说，生命是一种快乐、一种胜利、一种欢悦。可是没有力量的生物没有任何可取之处，虚无成为他们的一部分。你和我们很快就会进入虚无。”

“你们害怕吗？”那人问道。

“有理由害怕。”灵魂们答道，“然而，我们中的任何一个都不希望继续成为你这样的一个人的一部分，来延长我们害怕的时间。”

“可是你们已经死了无数次了？”那人说道，非常疑惑。

“不，我们没有，”灵魂们说道，“我们甚至都没法记得一次死亡。我们的记忆可以追溯到这个世界起源之时。我们只会与你的整个族类一起死去。”

那个人没有说话，他害怕了。

灵魂们继续说道：“你的族类断绝了。它的延续取决于你为我们的目标服务的能力。你已经失去了一切的能力。除了是一座阴森的房子，一个停尸坑，你还是什么？我们需要自由和空间，在你这里，我们被压缩在一起，十亿灵魂被压缩成一个针尖大小！我们的厅堂没有门，一片阴暗，过道又堵又破，楼梯不能通到任何地方。这里还有其他鬼魂，和我们不是一类，是一群从来没有命名的东西。”

那人一时满怀感激地想起死亡和尘埃。可是他突然想起了敌人的脸，那张脸上带着邪恶的微笑。然后他希望能有更长的寿命——一百年的寿命和痛苦，只是为了看到敌人坟前的草长高。灵魂们嘲笑他的欲望：

“你的敌人才不会在你身上浪费许多心思呢。他不是不完整的半人——你的敌人！那副身躯上的灵魂有空间和大量光明。他们住处的天花板很高，过道宽阔整洁，庭院明亮干净。你那敌人的大脑，就好像一座戒备森严的要塞，守军随时都能在要塞的任何位置集结起来一战。他的这一代人不会断绝，不会！他那张脸会在千百年里继续繁衍生息！因为你的敌人每时每刻都供养他体内那些高级的灵魂——他听从他们的告诫；他用所有公义的方式来取悦他们；他一直在敬畏他们。所以他们现在有能力在他需要的时候帮他……你是怎么敬畏我们，又怎么取悦我们的？”

那人沉默片刻。然后，他沉浸在怀疑的恐怖感之中，问道：“如果虚无是结局的话，你们为何会害怕呢？”

“什么是虚无？”灵魂们回应道，“只有在妄想的语言中才有结局。你所说的结局，其实只是开始。我们的本质不会停止。在尘世的燃烧之中，它不会被消耗掉。它会在大恒星的核心颤动，它会在其他太阳的光照之中颤动。在未来的一些宇宙中，它会再度重新获得知识，但只有在为大众进行不可思议的多次进化之后。即便是从形式上的无名开始，到存在消失的每一个轮回——经过所有耗尽痛苦的轮回——经过所有过去的深渊——它也必须再度崛起。”

那人一言不发。灵魂们继续说道：

“千百万年来，我们必须在烈火的风暴中颤抖，然后我们会重新进入某个原始的泥沼，在那里加速，再次在所有肮脏的盲哑形态中向上翻腾。发生无数次变化！经受无法估量的极度痛苦！这不是任何神灵的错，而是你的错！”

“好或者坏，”那人喃喃道，“还有什么意义呢？在无休止的变化劳苦之中，最好的必然变得和最坏的一样。”

“不！”灵魂们大喊道，“因为强者有一个目标，一个你不可能去争取达到的目标。他们有助于形成更加公平的世界；他们将赢得更大的光明；他们像火焰一样高耸和翱翔，进入神圣境界。可是你和我们要回到污浊的泥浆里！想象我们可能要度过的十亿个夏天吧！想想那些被抛弃的快乐、爱和胜利吧！做梦也想不到的知识的曙光，无法想象的荣耀感觉，无穷力量的欢腾……想想吧，想想吧，哦，你这傻瓜失去的一切！”

然后那人的灵魂就化身为蠕虫，将他吞噬了。

一双眼中

有个青春期的时刻永远不会忘记，那就是一个男孩知道这个世界上没有任何东西比一双眼睛更美好的时刻。一开始，这一发现的惊喜让他喘不过气来，他本能地转移自己的视线。那景象看来真是美好得不像是真的。可是不久，他再度大胆地去看了看，怀着一种新的恐惧害怕起来，害怕现实，害怕被人观察。瞧啊！他的怀疑在一种新的狂喜的冲击中消失了。那双眼睛甚至比他想象中的更加美好，不！当他看着它们的每一次，它们都变得越发迷人！当然，在整个宇宙中，再也不会有另外一双这样的眼睛了！有什么能令它们如此迷人？为何它们看来具有神性？他觉得他必须请人来解释，必须将他的各种新情感的谜团留给更年长更聪明的头脑来解答。然后他做了忏悔，怀着一种被嘲笑的微弱的直觉畏惧，不过在讲述中带有一种奇怪的、新鲜的狂喜。对他的嘲笑是——很深的；但是嘲笑令他感受的难堪，与他的问题无法得到回答这一事实几乎无法相提并论——这个简单的“为什么”由于他坦率的惊讶和羞怯的脸红变得如此有趣。没有人能给他启发，但是所有人都同情他从童年漫长的灵魂睡眠中突然苏醒的困惑。

或许这个“为什么”永远无法获得满意的解答。可是提示这个问题的神秘性不断诱惑人们将其理论化，各种理论可能有独立于直接结果的价值。如果不是关于不可知的各种旧理论，那么我们应当怎样对可知的理论有所了解呢？难道不是在追求不可能的时候，我们偶然发现了做梦都想不到的无限奇妙的可能性吗？

为什么一双人类的眼睛在我们面前出现的时候如此美丽，乃至于当我们将它们的光辉比作钻石、紫水晶或绿宝石的光辉时，我们会觉得这种比较是在亵渎神性呢？为何我们会发现它们比大海更深，比白天更深，甚至像太空之夜一样深邃，有着太阳的闪烁薄雾呢？当然这不是因为纯粹的狂野幻想。这些想法，这些感觉，必然是从对奇妙事物的一些真实感知——一些无法言表的真实启示中得来的。非常真实的是，在生命的短短瞬间，这世界上为我们所保留的任何东西，都不会像一双眼睛那样美好了。然后，当我们观察它们的时候，我们发现在我们的喜悦之中，有一种震颤的敬畏在颤动，一种只能感受而无法看见的东西产生的敬畏：一种潜在因素，一种力量——一种像缥缈宇宙一样深不可测的阴影。就好像通过生命体的某种强烈而突然的刺激，我们在一个超元素时刻，得以瞥见一个此前从未想象过的，也没有再度被揭示过的现实景象。

确实有一种错觉。我们似乎目睹了神性，但是这种神性本身，只是一个鬼魂，让我们眼花缭乱，被它欺骗。这种咒语不属于现实，也不属于任何这类事物，而是属于某种已经存在的无限符合的幻影。奇妙的异象，可是奇妙仅仅是因为我们的精神之眼当时穿透了现世的表面，进入无数年代的深渊——穿透了生命的面具，进入巨大的死亡之夜。有那么一刻，我们意识到了一种难以言喻的美、神秘和深邃，然后这面具又再度永远落下遮住了一切。

我们敬拜的双眼的光辉，属于它们，只是因为如同晨星般明亮。这是一种超越此刻阴影的反光——一种逝日的幽灵之光。在如同少女般的凝视之中，我们不知不觉遇到了比天堂的主人更加不可计数的眼睛的凝视——在别的地方用目光穿过黑暗和尘埃的眼睛。

因此，也只有因此，凝视的深度就是生死之海的深度，它的神秘之处就是宇宙之魂的影像，越过广阔的无言的生命深渊注视着我们。

因此，也只有因此，真实和幻觉才能在眼睛的魔力之中混合起来——幽灵般的过去布满了无法形容的现在的幻影的魅力——先见灵魂之中突然的光辉不过是灵光一闪——无限记忆中的一道无声的闪电。

图书在版编目（CIP）数据

影 /（日）小泉八云著；冬初阳译. —北京：现代出版社，2020.7（2024.1重印）
ISBN 978-7-5143-8477-2

Ⅰ.①影…　Ⅱ.①小… ②冬…　Ⅲ.①小说集－日本－现代 ②散文集－日本－现代　Ⅳ.①I313.15

中国版本图书馆CIP数据核字（2020）第079128号

作　　者　[日]小泉八云
译　　者　冬初阳
责任编辑　申　晶　曾雪梅

出 版 人　乔先彪
出版发行　现代出版社
地　　址　北京市安定门外安华里504号
邮政编码　100011
电　　话　(010) 64267325
传　　真　(010) 64245264
网　　址　www.1980xd.com
印　　刷　三河市嵩川印刷有限公司
开　　本　880mm × 1230mm　1/32
印　　张　6
字　　数　134千字
版　　次　2020年7月第1版　2024年1月第2次印刷
书　　号　ISBN 978-7-5143-8477-2
定　　价　59.80元

这是一种超越此刻阴影的反光，
—— 一种逝日的幽灵之光。

——小泉八云

影

［日］小泉八云 | 著　只读文化工作室 | 出品

小泉八云·影

Lafcadio Hern　Shadowings

只读

时间宝贵，我们只读好书。

—和风译丛—

001 太宰治《人间失格》（平装）
002 太宰治《惜别》（平装）
003 织田作之助《夫妇善哉》（平装）
004 宫泽贤治《银河铁道之夜》（平装）
005 坂口安吾《都会中的孤岛》（平装）
006 上村松园《青眉抄》
007 太宰治《关于爱与美》
008 谷崎润一郎《黑白》
009 梶井基次郎《柠檬》
010 幸田露伴《五重塔》
011 宫泽贤治《银河铁道之夜》（精装）
012 太宰治《人间失格》（精装）
013 太宰治《惜别》（精装）
014 芥川龙之介《罗生门》
015 泉镜花《汤岛之恋》
016 夏目漱石《我是猫》
017 樋口一叶《十三夜》
018 尾崎红叶《金色夜叉》
019 坂口安吾《都会中的孤岛》（精装）
020 樋口一叶《青梅竹马》

只读

时间宝贵，我们只读好书。

021 织田作之助《夫妇善哉》（精装）
022 太宰治《虚构的彷徨》
023 太宰治《他非昔日他》
024 小泉八云《怪谈：灵之日本》
025 小泉八云《影》

—即将推出—

谷崎润一郎《细雪》
谷崎润一郎《卍》
谷崎润一郎《猫和庄造与女人》
谷崎润一郎《少将滋干的母亲》
谷崎润一郎《盲目物语》
太宰治《女生徒》
永井荷风《梅雨前后》
永井荷风《隅田川》
堀辰雄《我思古人》
……